多角度还原立体真实的苏东坡

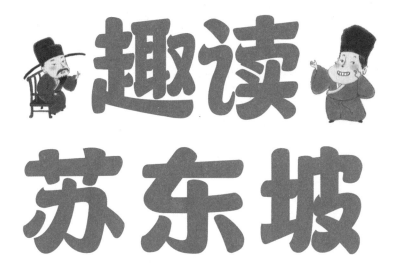

趣读苏东坡

卢倩◎著

······青少版······

航空工业出版社

北京

内容提要

　　《趣读苏东坡》是一本非常适合孩子们了解苏东坡的通俗读物。本书按苏轼的朋友圈、人生足迹、诗词文不同主题，分别介绍了对苏轼的思想和成长产生重要影响的十位人物，他一生曾涉足过的重要地方，以及他创作的那些绝美诗词文。

图书在版编目（CIP）数据

　　趣读苏东坡 / 卢倩著 ． -- 北京 ： 航空工业出版社，2024.1

　　ISBN 978-7-5165-3603-2

　　Ⅰ．①趣⋯ Ⅱ．①卢⋯ Ⅲ．①苏轼（1036-1101）－生平事迹－青少年读物②苏轼（1036-1101）－宋词－诗歌欣赏－青少年读物 Ⅳ ．① K825.6-49 ② I207.23-49

　　中国国家版本馆 CIP 数据核字（2023）第 255722 号

趣读苏东坡
Qudu Sudongpo

航空工业出版社出版发行

（北京市朝阳区京顺路 5 号曙光大厦 C 座四层　100028）

发行部电话：010-85672688　010-85672689

三河市祥达印刷包装有限公司印刷　　　全国各地新华书店经销

2024 年 1 月第 1 版　　　　　　　　　2024 年 1 月第 1 次印刷

开本：787×1092　1/16　　　　　　　　字数：110 千字

印张：14.5　　　　　　　　　　　　　定价：78.00 元

前言

　　纵观五千年历史，江山如画，人才辈出。这其中，有个人出类拔萃，与众不同，他便是北宋文坛天才——苏东坡。国学大师林语堂先生曾说："像苏东坡这样的人物，是人间不可无一难能有二的。"由此可见，林语堂先生非常敬重且喜爱苏东坡，后人也常常称他为苏东坡的铁杆粉丝。

　　毫无疑问，苏东坡是个旷古奇才，世间无双，独一无二。他才华横溢，诗词文俱佳，是当之无愧的全才。他性情洒脱，豁达豪迈，是黎民百姓的好朋友。他志节高远，心怀天下，是为国为民的实干家。他曾年少成名，又因仕途坎坷，四处奔波，但从未改变鸿鹄之志，反而看淡风云，乐观向上。

　　这本书从三个角度全面而详细地介绍了苏东坡跌宕起伏的人生历程。

　　其一，亲密朋友圈。苏东坡爱交友，也善交友，用他自己的话说："吾上可陪玉皇大帝，下可陪卑田院乞儿。眼前见天下无一个不好人。"正因为如此，苏东坡无论身处何

方，周围总少不了相伴相随的朋友。

其二，足迹半天下。苏东坡年少成名，入朝为官，报效国家，一心为百姓谋福利。他行经大宋半壁河山，解民困、办实事，深得人心，青史留名。

其三，绝美诗词文。苏东坡的才华，前无古人，后无来者，诗文独步天下，词作旷世流传，几乎都是脍炙人口的佳作名篇。阅读他的诗词文，如同欣赏波澜壮阔的画卷一般。

本书写作过程中，主要参考如下著作：林语堂著、张振玉译《苏东坡传》（湖南文艺出版社），李一冰著《苏东坡新传》（四川人民出版社），康震著《康震讲苏东坡》《康震讲三苏》（中华书局），以及有关苏东坡的其他出版书籍。因参考文献众多，篇幅有限，不一一列举。

希望所有喜欢这本书的读者朋友，能够在读完之后，从中获得人生感悟，不畏风雨，不惧寒霜，让自己的未来多姿多彩，充满自信和阳光！

作者于广东

2023 年 8 月 20 日

亲密朋友圈

目 录

序　篇：找啊找啊找朋友 …………………………………… 1

第一章：亦师亦友忘年交：欧阳修 ………………………… 4

第二章：相爱相杀两冤家：王安石 ………………………… 10

第三章：斗茶斗嘴陪到底：司马光 ………………………… 18

第四章：各有千秋两兄弟：弟苏辙 ………………………… 25

第五章：唤鱼联姻情似海：妻王弗 ………………………… 33

第六章：志同道合自有缘：黄庭坚 ………………………… 40

第七章：一生得遇一知己：王　巩 ………………………… 47

第八章：豁达豪侠惧狮吼：陈季常 ………………………… 54

第九章：半生密友半生仇：章　惇 ………………………… 61

第十章：步行千里探竹马：巢　古 ………………………… 69

足迹半天下

序　篇：兜兜转转万里路 ………………………………… 75

第一章：我的乐园我的家：四川眉州 ……………………… 78

第二章：让我欢喜让我忧：河南开封 ……………………… 85

第三章：人生仕途第一站：陕西凤翔 ……………………… 91

第四章：杏花烟雨醉江南：浙江杭州 ……………………… 98

第五章：自娱自乐自超然：山东密州 ……………………… 106

目录

第六章：万民挽留不忍别：江苏徐州…………… 115

第七章：突如其来落难地：浙江湖州…………… 123

第八章：凤凰涅槃又重生：湖北黄州…………… 129

第九章：此心安处是吾乡：广东惠州…………… 137

第十章：天涯海角是归途：海南儋州…………… 144

绝美诗词文

序　篇：北宋文坛第一全才………………………… 151

第一章：应似飞鸿踏雪泥………………………… 154

第二章：只缘身在此山中………………………… 160

第三章：欲把西湖比西子………………………… 166

第四章：最是橙黄橘绿时………………………… 172

第五章：庭下如积水空明………………………… 178

第六章：拣尽寒枝不肯栖………………………… 184

第七章：大江东去浪淘尽………………………… 191

第八章：谁道人生无再少………………………… 197

第九章：苍茫人生如逆旅………………………… 203

第十章：何事长向别时圆………………………… 209

第十一章：老夫聊发少年狂……………………… 215

第十二章：一蓑烟雨任平生……………………… 221

序篇
找啊找啊找朋友

有这样一首耳熟能详的童谣，很多人从小就会吟唱："找啊找啊找朋友，找到一个好朋友，敬个礼、握握手，你是我的好朋友。"回首而望，人生匆匆数十年，携三五好友，对酒当歌，谈天说地，纵情癫狂，放飞自我，是多么令人羡慕嫉妒恨呀！

且不说别人，苏轼便是其中之一。

苏轼，姓苏名轼，字子瞻，号"东坡居士"，后人亦称"苏东坡"。当你我还在忙着"找啊找朋友"的时候，苏轼的朋友已经遍天下了。

林语堂先生称，苏轼这样的人物，是人间不可无一难能有二的。他天真淳朴，乐观豁达，以真性情交友，不分高低贵贱。正

如他自己所说："吾上可陪玉皇大帝，下可陪卑田院乞儿。眼前见天下无一个不好人。"无论皇族贵胄（zhòu），还是民间百姓，无论名人高士，抑或贩夫走卒，苏轼都能与他们成为朋友。这就是苏轼神奇的个人魔力，当之无愧的"交友小能手"。

拉拉手，做朋友。

　　如果古人也像现在一样有朋友圈，那苏轼的朋友圈必定分分钟炸裂。一首有感而发的诗词，一幅即兴而作的书画，一道色香味俱佳的美食……都会引来朋友圈众人的点赞和评论。谁让人家朋友多呢？

　　苏轼一生跌宕（dàng）沉浮，起起落落，既有辉煌万丈的高光时刻，也有暗无天日的低谷深渊，但不管何时何地，他的身边从没缺少过朋友。在他那无比强大的朋友圈中，有曾经相爱相杀的政敌，有初遇便慧眼识君的师长，有一直相知相守的亲人，还有千里不忘的竹马、志同道合的迷弟，以及日日斗嘴不嫌累的世外高僧……

很多人，终其一生都在找啊找啊找朋友。可到了苏轼这里，朋友之心从未远离，朋友之情从未消退，或许这才是我们真正羡慕他的原因。

余光中老先生说，如果出行找旅伴，他不会找李白，也不会找杜甫，但一定要找苏轼。因为苏轼是一个会让一切变得有趣的人。那么，接下来，我们就一起去看看苏轼的亲密朋友圈，去看看那些出现在他人生中的各位友人吧。

第一章
亦师亦友忘年交：欧阳修

苏轼为人豁达潇洒，直到生命尽头，始终保持着最初的率真与坦荡。正是这份至善至纯的真性情，令他结识了一生中最敬重的恩师——欧阳修。

欧阳修，号"醉翁"，又号"六一居士"，北宋文坛领袖，一颗耀眼的巨星。后辈学子纷纷追崇，哪怕只是远远望他一眼，也能激动个一年半载，若能与他面对面交流，恐怕无数人会整夜睡不着觉。

而苏轼，就是那个万里挑一的幸运儿。

说起来，苏轼也是欧阳修的一个忠实的小粉丝。很早之前，他还在家中读书习字时，就已被欧阳修的才情所折服，盼着有朝一日能与偶像对饮畅谈。然后，机会真的来了！惊不惊喜？意不意外？

不顾一切奔向你，送上一个大惊喜！

年轻的苏轼离家赶考，终于在京城见到了心慕已久的偶像欧阳修。当时苏轼只是个考生，欧阳修则是主考官。一个是意气风发的青年才子，一个是亲切随和的老仙翁，谁能想到神奇的命运会将两个相差三十岁的人，日后紧紧联系在一起呢？

宋仁宗嘉祐二年（1057），苏轼参加礼部考试。当时文风晦涩怪异的弊习很重，主考官欧阳修想加以改正，当他看到苏轼的文章《刑赏忠厚之至论》时很惊喜，想定他为第一名，但又怀疑这么好的文章是自己的学生曾巩写的，心中得意之余，又怕别人

说闲话，就给判了个第二名。因为这个乌龙，苏轼眼睁睁地与"论"这一科的第一名失之交臂。

其实，苏轼所作的《刑赏忠厚之至论》让欧阳修和另一位判官梅尧臣都赞赏不已。但是，一直有一个问题萦绕在梅尧臣心头，考试过去之后，梅尧臣就向苏轼追问起来：

"那日你在文章中引用了一个典故，说古代尧帝当政时，下面有个司法官叫皋陶（gāo yáo），三次要判一个人死刑，但尧帝本着宽大的原则，赦免了这个人。这个典故出自何书呀？我竟然想不起来了。"

苏轼边道歉边回答："是我杜撰的。我觉得，以尧帝那种宽厚之心，肯定会做出这样的决定。"

听完这样的回答，梅尧臣一下子

尧和皋陶的典故出自哪里？

那是我编的。

懂了，半天没说出话来。这、这……怎么个意思？他天天盼星星盼月亮都想知道的答案，竟然是苏轼自己编出来的！等梅尧臣回过神，又忍不住哈哈大笑起来："你呀，可真是个机灵鬼！"

在当时的科考制度中，主考官录取一个学子后，二人彼此之间就形成了"老师"与"门生"的关系，且终身不渝。而考中进士的门生，还需要给主考官写信，感谢知遇之恩。

"师者，传道授业解惑也。"对苏轼而言，欧阳修给予他的，远远超过这些。两人相差三十岁，依然能够心灵共通，惺惺相惜。他们不仅是情谊深厚的恩师弟子，更是默契相知的忘年挚友。

古人云："千里马常有，而伯乐不常有。""老仙翁"欧阳修，就是一位求才育才的文坛伯乐。欧阳修从不在乎个人得失，他所关心的，是文化道统的传续。在欧阳修看来，苏轼无疑是下一代文坛泰斗，但他所欣赏的，不仅仅是苏轼的文才，更有他的品质、气度、志向和胸怀。

欧阳修曾给梅尧臣写过一封信说："读轼书，不觉汗出，快哉快哉！老夫当避路，放他出一头地也。"后来欧阳修又对儿子说："汝记吾言，三十年后，世上人更不道著我也。"为什么呢？那是

因为，三十年后，大家只会记得苏轼，再也没有人谈论欧阳修了。这是多么宽广的胸怀和度量啊！

你记住我的话，未来的文坛必将属于苏轼！

事实证明，欧阳修慧眼识人，句句箴（zhēn）言。多年后，苏轼果然在文坛上大放异彩，取代恩师欧阳修，成为天下人熟知的文学巨匠。"老仙翁"一生坦荡，苏轼坦荡一生，二人将师生传承演绎得淋漓尽致。

在苏轼的一生中，对他影响最深的人，除了父母，就是恩师欧阳修。恩师的知遇之恩，苏轼铭刻终生；恩师的传承之情，苏轼永世不忘。当得知欧阳修驾鹤西去时，苏轼悲痛万分，含泪写下祭文："上为天下恸（tòng），恸赤子无所仰庇（bì）；下以哭其私，虽不肖而承师教。"

欧阳修曾在扬州城北平山堂居住长达二十多年。苏轼也曾三经平山堂，与恩师把酒言欢，谈诗论文，互相抚慰。斯人已逝，苏轼再到故地，百感交集，只能以词缅怀恩师，字字句句，念念不忘。

亲密
朋友圈

西江月·平山堂

三过平山堂下，半生弹指声中。十年不见老仙翁，壁上龙蛇飞动。

欲吊文章太守，仍歌杨柳春风。休言万事转头空，未转头时皆梦。

毫无疑问，在苏轼的朋友圈中，欧阳修是永远活在他心中的良师益友。乃至千年后的今天，他们深厚默契的师生之情、忘年之谊，仍如雅致美好的宋词一般，绽放着别样的流光溢彩。

趣味延伸

在苏轼敬重的长辈中，有一位不得不提，那就是张方平。张方平，字安道，号乐全居士，北宋重臣、文人。张方平十分欣赏苏氏父子，将他们推荐给文坛领袖欧阳修，堪称苏轼的"伯乐"。后来，苏轼因"乌台诗案"入狱，张方平又竭尽全力去救他，令苏轼永远铭记在心。

第二章

相爱相杀两冤家：王安石

在我国唐宋文学发展史上，出现了八位著名的散文家，他们被后世称为"唐宋八大家"。除了唐代的韩愈、柳宗元，其余六位几乎都与苏轼处于同一时期。

"唐宋八大家"之"家族荣誉奖"

不好意思，我们家占了三个名额。

当然，作为北宋文坛领袖的欧阳修，肯定位列其中。最令人惊喜的是，苏家三父子各据一位，妥妥地赢得了"唐宋八大家"之"家族荣誉奖"。

这些大文豪之中，有一位锐意进取的政治家。他不是别人，正是掀起北宋社会大变革的宰相王安石。

王安石比苏轼大十六岁，算是苏轼的前辈。苏轼少年成名，壮志凌云，早入庙堂，本应前途一片大好。可他万万没想到，自己的仕途之路竟那么难走，不是被贬，就是在被贬的路上。

这当然与苏轼本身的性格和信念有关，但也不乏与人政见相左，针锋相对。其中，因政见不同而令他境遇改变的人，首先便是王安石。

年轻时的王安石，与苏轼有些相似，同样是少年英才，聪颖无比。王安石参加科考的成绩排名，可比苏轼后来要高，乃当年数一数二的学霸。

王安石这个人，性格独特，甚至于执拗（niù），当年本来有机会做京官的，但是他却主动向朝廷申请，调往偏僻荒凉的地方做小吏，还一待就是二十年。这事儿要是换成别人，打死都做不

出来。你想想呀，好好的京城豪华生活不过，非要跑到犄角旮旯去受罪，这可真不是一般人能做得出来的呀！

王安石的这波操作着实令人看不懂，猜不透。其实，王安石这一招，分明是"以退为进""厚积薄发"。因为，在王安石的心目中，一直有个坚定而伟大的"强国梦"。

王安石文采斐然，出类拔萃，能够跻身"唐宋八大家"，足见他的文学实力多么强悍。不过，与文学家相比，他更想成为政治家，希望北宋能够如汉唐两代一样，开疆拓土，成就霸业。

王安石的初衷是好的，为国家、为百姓，他说服皇帝宋神宗改革图强。熙宁二年（1069）开始，王安石实行一系列富民强国的改革，史称"王安石变法"。但这件事，王安石推进得太急，步调太快，只要他自己认定了，别人谁劝都没用。当时的苏轼，并非完全的守旧派，也不是极力反对变法，他只是觉得应循序渐进，不能上来就搞"一刀切"。于是，苏轼多次给皇帝上书，指出王安石变法的过失和弊端，这相当于在皇帝面前打王安石的"小报告"呀。结果王安石知道后，气得心脏差点儿要搭桥："哼！让你见不着皇帝，看你还打不打小报告！"

你去神宗面前弹劾苏轼。

听我说谢谢你，因为有你，让我离开这里。

亲密
朋友圈

　　宋神宗熙宁四年（1071），苏轼知道自己在朝廷待不下去了，无奈之下，自请出京任职。神宗皇帝还是比较护着苏轼的，把他外调到美丽的杭州做通判。

　　苏轼被调到外地，没人碍眼了，王安石变法顺利推进。但变法的弊端越来越明显，老百姓怨声载道，生活苦不堪言。苏轼亲眼所见，内心十分反感，开始写诗写词嘲讽新法。

　　宋神宗元丰二年（1079），苏轼调任湖州知州。按照惯例，官员履新后要向皇帝进呈一道谢表，汇报到任后的思想动态。本来苏轼就爱开玩笑，他在《湖州谢上表》中写了几句看似诽谤新

政的话，他自己根本没当回事，却被朝廷那帮小人当成"把柄"构陷，就这样撞枪口上了。

没几天苏轼就遭到逮捕，从湖州被押到京城，关进御史台监狱，史称"乌台诗案"。曾经，他被调到外地，已经是在警告和提醒了。如今，皇帝一声令下，他的生命即将结束，又有谁会不害怕呢？

千钧一发之际，王安石挺身而出，为苏轼求情。此时，王安石退居江宁（今江苏南京），本可视而不见，却不计前嫌，上书神宗皇帝："安有圣世而杀才士乎？"最终，苏轼保住了性命，被贬至黄州。苏轼命悬一线，作为昔日政敌的王安石却出手相救，足见王安石爱才惜才、胸怀之宽广。

想当年，王安石任宰相，苏轼去其家中拜访。王安石正在睡午觉，苏轼没敢打扰，就在书房等候。他见书桌上有两句未完的诗稿："西风昨夜过园林，吹落黄花满地金。"苏轼心想：这首《咏菊》写得不对呀！菊花的花瓣开败后会干枯在枝头而不会落瓣的呀！他怎么写菊花落满地呢？我得帮忙改改。于是，他拿起笔，在后面添了两句："秋花不比春花落，说与诗人仔细吟。"

老太师江郎才尽，这诗也是瞎写呀！

宋神宗元丰二年（1079）十二月，苏轼被贬官去了黄州。之后一年左右，在黄州的深秋，苏轼见到了菊花落瓣铺满地的情景，当场就愣住了。原来，王安石的诗没有错，是他自己因见识少而画蛇添足了。这可怎么办呀？大大咧咧的苏轼，自此便有了心结。

再回京时，他主动去向王安石赔罪道歉。王安石笑着原谅了苏轼，还语重心长地说："你没有见过这种菊花，也怪不得你。"苏轼满脸羞愧，更加折服于王安石的渊博学识。

变法失败后，王安石退隐江宁。元丰七年 (1084)，苏轼离开黄州往北，特地去拜访已经隐退政坛八年的王安石。一个是历经宦海风云、退居江宁的前宰相，一个是九死一生、尝尽种种人生况味的贤士，远离了政治旋涡，他们之间的敌意大为减退，剩下的只有文人间的惺惺相惜。

他们面对面举杯共饮，一起游山玩水，从诗词歌赋聊到人生哲学……清代学者蔡上翔在《王荆公年谱考略》中说："夫以两公名贤，相逢胜地，歌咏篇章，文采风流，照耀千古，则江山亦为之壮色。"

当苏轼离去时，王安石挥手哽咽，恋恋不舍。苏轼看着风烛残年的王安石，心中同样五味杂陈。一直以来，苏轼与王安石之争，都无关个人恩怨，也非意气用事，只是彼此政见不同。若抛开朝堂，只谈文学，作为北宋文坛两大顶流，他们对彼此只有钦佩与赞美。

无论王安石还是苏轼，两人均是才华出众的大文豪，亦因杰出的文学成就而入选"唐宋八大家"。虽然会存在分歧，政见相左，但他们皆是虔敬坦诚、洁身自好的君子，互相理解、互相欣赏。

苏轼落难，王安石不计较和苏轼的过往，反而出手相助。王安石罢相，苏轼亲自去拜访陪伴。这份惺惺相惜，这份相爱相杀，或许正是苏轼与王安石之间的友谊写照。

趣味延伸

王安石变法，又称熙宁变法，是一次以"富国强兵"为目的的改革运动。变法内容包括：青苗法、农田水利法、募役法、保甲法、裁兵法、将兵法等，主要是想改变北宋积贫积弱的局面，也曾取得十分显著的效果，只可惜最终仍以失败告终。

第 三 章

斗茶斗嘴陪到底：司马光

　　说起宋朝，那在我国历史上是一个经济发达、文化繁荣的时代。由于宋朝重文轻武，文学大家屡屡霸占新闻头条，不是咬文嚼字，就是诗词歌赋，百姓生活也变得闲散安逸起来。

　　那么，宋朝人无聊的时候做什么呢？是不是只能写写宋词呢？NO！NO！NO！

　　当时的宋朝，并非宋词独霸天下，还有一种文化潮流——饮茶。如果我们为历朝历代做个喝茶排行榜，宋朝肯定是第一名。因为，宋朝皇帝各个带头喝茶，很多都是出了名的"茶痴"。慢慢地，饮茶就变成一种社会时尚，也成为一个文化风向标，还衍生出一种"斗茶"活动。

斗茶，指大家各自拿出珍藏的好茶，轮流烹煮，相互品评，来分高下。此活动在名流雅士之间极其盛行。

拿奖拿到手软了。

显而易见，"斗茶"这事儿自己一个人玩不起来，人越多越热闹。在苏轼的众多朋友之中，正好有这么一位与他爱好相同，也很喜欢"斗茶"的老前辈——司马光。

司马光是个正直博学的人，在文学、书法、史学各方面都很有成就，赫赫有名的史学巨著《资治通鉴》就出自他之手。司马光喜欢饮茶，也喜欢斗茶，时不时就会约上一些名流雅士，搞个"斗茶"活动，来个现场表演。苏轼在"斗茶"方面，可是数一数二的。两位茶道中人，你来我往，斗茶斗嘴，还留下一段佳话呢。

一次，司马光又组织"斗茶会"，邀请很多文人墨客参加。苏

轼是出了名的"好热闹"，怎么可能少了他呢？苏轼带着隔年雪水来泡茶，因水质好，茶味纯，最终在斗茶会中获胜。这下可把苏轼乐坏了，心里美滋滋的，嘴巴也笑开了花。

看着他扬扬自得的模样，司马光很不服气，故意刁难他："子瞻呀子瞻，你说你，既喜欢茶，又喜欢墨，但茶和墨正好相反。茶要白，墨要黑；茶要重，墨要轻；茶要新，墨要陈。你可真行，怎么会同时喜欢两样完全相反的东西呢？这是不是自相矛盾呀？"

苏轼一听，立刻就明白了，司马光这是在调侃他呢。无论茶，还是墨，只要选择一种，那他就输个彻底。于是，苏轼眼珠儿一转，脑袋里亮出一盏"小灯泡"，笑眯眯地回答："老师，话可不能这么说呀！其实茶和墨也有很多相同的地方。比如：茶和墨都很香，因为它们的德行相同；茶和墨都很坚硬，因为它们的操守相同。这就像贤人和君子，虽然彼此的肤色、容貌不一样，但德行操守是一致的。"司马光听后很满意，笑着连连点头。

嘉祐六年（1061），苏轼参加制科考试时，司马光就是其中一位考官。这么算起来，司马光同样是苏轼的恩师，苏轼自然把司马光当作最亲密的长辈一样敬重。但与旷达的欧阳修相比，司马光为人更加保守，始终遵循儒家思想，忠君爱国，温良谦恭。他做的每一件事都依据法度，一言一行都符合礼节，是几近完美的君子。

司马光十分欣赏苏轼的人品和才学，常常赞不绝口，成为提拔苏轼的仕途前辈之一。早在熙宁二年（1069），司马光就推荐"制策入优等，文学富赡，晓达时务，劲直敢言"的苏轼为谏官。两年后，司马光又上书神宗，说自己"敢言不如苏轼"，不惜以自贬来抬高后辈苏轼，希望把苏轼放到重要的位置上去施展抱负和才华。

司马光尊崇儒家，仁孝忠义，诚信为本，生活一向低调淡泊。换成别人，如果自己做了宰相，就算不张灯结彩、大肆宣扬，怎么也要宴请宾朋好好庆祝一番吧？对司马光来说，这些完全没必要，他压根儿看不上眼。低调、至简、有内涵，才属于真实的司马光。苏轼可就不一样喽，他走的是高调的路线。这样南辕北辙的两个人，一旦碰撞在一起，迸射出的火花，简直就像火星撞地球呀！

元丰八年（1085），宋神宗病逝后，司马光被太皇太后启用，重回宰相之位，苏轼也受到朝廷重用。两人理念相同，都是为国为民，但政见存在一些差异。司马光一心想要全面废除新法，苏轼则认为，有些新法利国利民，应该保留。因为政见不同，老少二人在朝堂上开启了针锋相对的辩论。

苏轼："您这么做，就跟两个短腿鳖（biē）互踢一样。"

司马光："胡说！两个鳖怎么能互踢呢？"

苏轼："就是因为不能互踢，白费力气，我才劝您别做呀！"

司马光："我主意已定，铁了心了。"

苏轼见怎么劝都没用，当场气得直跳脚，回家后还像个孩子

脾气倔强，有如犟牛，就叫他"司马牛"！

司马光听说后，并没在意苏轼的狂悖之举，反而摇头笑了笑。因为司马光了解苏轼的性情，那只是意气用事，率性而为，并非真的怨恨司马光。事实的确如此，苏轼发完脾气，很快就将事情抛之脑后，仍然十分敬重司马光。

调侃归调侃，分歧归分歧，但在两人心目中，彼此都是不可或缺的存在。司马光与苏轼的关系亦师亦友，偶尔斗斗茶、斗斗嘴，却不会影响深厚的感情。

嘉祐二年（1057），苏轼母亲程氏去世，苏轼、苏辙恳请文坛政坛领袖司马光为其母写墓志铭。司马光去世后，苏轼也是含

泪亲笔写下墓志铭，以表达对司马光的深切怀念。

在苏轼的一生中，各种各样的朋友轮番登场，但能够始终关心他、提携他、照顾他、包容他的人，想必只有司马光一个。时光荏苒（rěn rǎn），日月如梭，自从相遇，便陪伴到底，何时再一起斗茶斗嘴，逍遥人生呢？

趣味延伸

司马光不但是北宋的政治家，也是文学家、史学家，他生平著述甚多，其中由他主编的编年体通史《资治通鉴》，更是我国文学史上的巨著。《资治通鉴》全书294卷，按照时间先后顺序记述，上起周威烈王二十三年（前403），下迄五代周显德六年（959），内容以"关国家兴衰，系生民休戚"为主，贯串1362年的史事。

第四章

各有千秋两兄弟：弟苏辙

当我们回顾历史长河，抬头仰望宋朝的文学苍穹，会发现偌大的夜空中，悬挂着无数灿烂的星辰，它们各自闪耀，熠熠生辉。

那么，家喻户晓的大文豪苏轼，又如何呢？一向爱出风头、另辟蹊径、走在文学前沿的苏大神，怎么会错过站在 C 位、熠熠生辉的大好机会呢？

这一次，苏大神以全新组合的方式，带着自己的亲弟弟苏辙，昂首挺胸走了过来——"双子星"闪亮登场！

苏轼，文坛巨擘（bò），光芒太强，刺得人睁不开眼。苏辙，字子由，唐宋八大家之一，文学成就一点儿不比哥哥差，只是性格沉静内敛，不像哥哥那么放荡不羁。

简单来说，这对兄弟组合，就是一个妥妥的"动静组合"。苏轼好动爱旅游，到处走到处玩，而苏辙喜静沉稳，又出钱又出力，只要哥哥玩得欢，弟弟高兴心里宽。如果咱给苏辙颁个奖，恐怕"大宋好弟弟"他若属第二，没人敢拿第一。

人家都是"扶弟魔"，而我是"扶兄魔"。

我也想有苏辙这样的同款弟弟。

苏辙和哥哥苏轼一样，头脑聪明，才华横溢，从小就是个天才儿童。他不张扬、不贪玩、不废话、不让父母操心，为人低调有内涵。

苏轼在这些方面与弟弟苏辙相比，可就是天壤之别了。苏轼不拘小节，性情直率，爱说爱闹，豪放不羁，又不善于隐藏自己的想法。

常言道：知子莫若父。苏父从小看着两个儿子长大，对他们的脾气秉性十分了解，还曾苦口婆心地叮嘱过他们。

苏父对苏轼说："老大呀，你话太多、嘴太欠，像长不大的孩子一般单纯。就为这，你爹我整宿整宿睡不着觉，生怕你哪天过于锋芒毕露，招惹祸端，以后你少说话、多做事，把嘴封起来！"

苏父对苏辙说："老二呀，你老成持重，从不闯祸。爹一想到你，心里就觉得很踏实。你以后给我好好看着你哥，千万别让他犯事。但他的脾气你也知道，估计我说这么多都白搭，他压根儿不会听。因此，你得想方设法地保护你哥，怎么都要给他留条活路。至于怎么帮他，怎么捞他，你做主！"

果然，苏父是个明白人。就是从那时起，苏辙承担起"扶哥宠哥"的使命。苏轼呢，当然也没闲着，他在"坑弟"的路上是越走越快，越走越远……

苏轼性情耿直，见不得世间不平事，常会借着诗词一吐为快。这就很容易被当权派小人抓住把柄，找机会把他逼上绝路。

趣读
苏东坡

宋神宗元丰二年（1079），有人诬告苏轼嘲讽皇帝，这下不得了，皇帝直接下令把他五花大绑扔进监牢。这就是造成苏轼一生巨大转折的"乌台诗案"。从此，他的仕途之路沉沉浮浮，再也没有顺利过。

以后的事以后再说，眼前十万火急的事是要没命了，苏轼第一个想到的人，是自己的亲弟弟苏辙。在狱中，苏轼给弟弟写了首诀别诗："与君今世为兄弟，又结来生未了因。"

苏辙愿意用自己的官职来换取哥哥的性命，好感动哇！

苏辙看到诗急坏了，赶紧向皇帝求情："皇上啊，我哥这个人没心没肺，他怎么敢对您不敬呢？您大人有大量，饶了他吧。我愿意用我一身官职换取我哥一条命。"

见到苏家两兄弟如此情深，神宗皇帝不禁动容，再加上其他人的求情，最终改变了主意，将苏轼释放，贬他去黄州，充团练副使。

元丰八年（1085），神宗皇帝病逝，年幼的哲宗即位，英宗皇后高太后垂帘听政，起用司马光为相，后来高太后起用因反对新法而被贬谪的官吏。

苏轼、苏辙两兄弟重返京都，再入朝堂。苏辙不言不语埋头苦干，一路升迁至尚书右丞，相当于副宰相，堪称人生巅峰、高光时刻。

可时局变幻莫测，当高太后驾崩，哲宗亲政之后，苏家两兄弟的命运又一次急转直下。

因哲宗继续执行父亲神宗的政策，重新提拔变法派官员，大力打压保守派老臣，苏轼又一次遭到贬谪，于绍圣元年（1094）被贬至岭南惠州。

苏辙也在同一年被贬汝州，后连谪数处。自从进入庙堂，苏家两兄弟就一直同甘苦、共进退，惺惺相惜，直到老年依然不曾改变。

苏轼年纪大了，也不想再折腾，只想安心在岭南惠州养老，可朝廷偏偏不给他这样的机会。宋哲宗绍圣四年（1097），苏轼又被贬官去海南儋（dān）州，而苏辙被贬至雷州，自此两兄弟只能隔海相望。

那时的儋州，穷乡僻壤，野蛮又落后。没什么好吃的，但海南水产丰富，海鲜日日有，今年特别多。

苏轼一边开办学堂，教当地居民读书识字，一边耕田种菜，自食其力。当他创造出"炭烤生蚝"这道美食后，第一时间就写信告诉了儿子："生蚝太好吃了！你千万别告诉其他人，我怕他们嘴馋都跑来跟我抢。

苏轼和苏辙这对兄弟，仅仅相差两岁，从小一起读书、一起参加科考、一起中进士当官、一起荣登"唐宋八大家"。他们虽然性格不同，为人处事也相差十万八千里，但兄弟之间的情谊真真切切，弥足珍贵，万古流传。

　　苏辙曾亲口说："哥哥子瞻不仅是我的兄长，也是我的师长，我一生都在追随他的脚步。"

　　苏轼对弟弟苏辙，同样也有着深厚似海的感情。他那句脍炙人口的名词："但愿人长久，千里共婵娟"，就是因为想念弟弟苏辙，专门写下来的。两兄弟一生中的信件来往，诗词歌赋，足足有几百首。

　　苏轼与苏辙这份兄弟情深，一生不改，始终如初。他们不仅

是各自的手足兄弟，更是彼此的人生知音。无论风平浪静，抑或

宦海沉浮，两人从来都是荣辱与共，不离不弃。

趣味延伸

古人云：知子莫若父。苏洵给两个儿子取名苏轼、苏辙，其实各有深意。他在《名二子说》中道："轮辐盖轸（zhěn），皆有职乎车，而轼独若无所为者。虽然，去轼则吾未见其为完车也。轼乎，吾惧汝之不外饰也。天下之车，莫不由辙，而言车之功者，辙不与焉。虽然，车仆马毙，而患亦不及辙，是辙者，善处乎祸福之间也。辙乎，吾知免矣。"苏洵担心大儿子苏轼不会掩藏锋芒，但对小儿子苏辙却很放心。后来的事实证明，苏洵是最了解两个儿子的人。

第五章
唤鱼联姻情似海：妻王弗

古往今来，才子佳人往往都有美好的故事。苏轼才华冠绝天下，性情豁达又乐观洒脱，作为北宋第一才子、文坛盟主，自然也少不了一段浪漫姻缘。

苏轼自小生活无忧，小时候唯一的任务就是好好学习天天向上。在优渥（wò）的家庭条件下，苏轼理所当

家庭辅导一对一，学业提升赛飞机！

然接受了良好的家庭教育，偶尔父母还会给他提供课外辅导。日复一日，长此以往，苏轼想不优秀都不可能。所以，苏轼早在少年时期就以文章闻名十里八乡，是个有粉丝追捧的小名人了。

后来，苏轼被送去中岩书院游学，那里山清水秀，林木葱郁，正合苏轼心意。书院的执教先生叫王方，见他才华斐然，十分喜欢，动不动就在女儿王弗面前提上几句。慢慢地，王弗开始对苏轼有些好奇。

那时的苏轼，常到书院一处池塘边读书，周围花草遍地，池水碧绿如玉，景色非常优美。一日，苏轼正在读书，突然对着池塘大喊："好水岂能无鱼？"说完，他连拍了三下手掌，竟真的出现一大群鱼，在水里游来游去。苏轼高兴坏了，老师王方和其他同学也赶来赏鱼。趁此机会，王方让学生们给鱼塘起个名字，可大家说来说去都不合适。最后，苏轼缓缓开口道："唤鱼池。"王方和众人一听，纷纷拍案叫绝。就在这时，王弗小姐也派丫鬟送来一张红纸，上面赫然写着"唤鱼池"三个字。没想到，苏轼与王弗二人心有灵犀，不谋而合。然后，如所有美好的爱情故事一样，十六岁的王弗和十九岁的苏轼缔结了美好姻缘。

婚后，苏轼与王弗过得和和美美，羡煞旁人。王弗温静贤淑，出得厅堂入得厨房，里里外外一把手，全家老小都非常喜欢她。苏轼看在眼里，乐在心里："有这样的老婆管家里，我随时躺平没问题。"然而，他错了，大错特错！他以为妻子王弗只是个美女，实际上王弗不但是个美女，还是个隐形才女！她特别喜欢陪着苏轼一起读书，每当苏轼想偷懒时，妻子就在旁边监督他；每当苏轼读错写错时，妻子就会帮忙指出来。

瞧瞧苏神的成神之路：小时候，他受到了良好的家庭教育，父母偶尔还给"开小灶"，直接赢在起跑线上。长大后，娶了个对他事业帮助很大的妻子，最终科考高中，一战封神。

苏轼参加制科考试，获得了最高的评价等级。宋仁宗高兴地回宫就对曹皇后说："我今天为子孙找到了两个保太平盛世的宰相。"苏家兄弟一夜之间名动京城，成为文坛新星。京城乃至全国，都贴着苏神的宣传海报。

仁宗嘉祐六年（1061），苏轼去陕西凤翔开始他人生的第一份工作。入仕途，进官场，围绕在苏轼身边的人自然是越来越多。这下苏轼高兴了，因为他爱交友爱热闹，可他偏偏有颗单纯得透明的心，觉得所有人都和自己一样。

一次，有人来家中拜访，啰里吧嗦说了一大堆奉承话，哄得苏轼晕头转向，快要找不着北了。殊不知，此时苏夫人王弗正坐在屏风后面，将一切尽收眼底。那人离开后，苏夫人才走出来，提醒丈夫："这样的人，没有一句真心话。他是有求于你，才会好言吹捧，如果不需要你，就不会再与你来往。"苏轼半信半疑，反问夫人："你只看他一眼，听他几句话，怎么就能断定他是什么样的人呢？"苏夫人笑道："你若不相信，咱们走着瞧。"

苏轼自认为见多识广，他结交的人比老婆走的路都多，还会输了不成？结果，苏轼堪称"打脸小能手"，输得一败涂地。那人果然满嘴谎言，再也没有出现过。苏夫人慧眼识人，苏轼心服口服。

本来呢，有苏夫人这位贤内助照顾日常生活，留意丈夫言行，帮他处理人际关系，苏轼应该是家庭、事业双丰收的大赢家。可偏偏天不遂人愿，夫妻二人相濡以沫十一年后，苏夫人因病去世

了。苏轼哀恸万分，泪如雨下，整个人仿佛被掏空，几天几夜陪着夫人的灵柩不知所措。

也许，在苏轼的心中，他的弗儿是永远不会离开他的。正因为如此，这个突如其来的打击，才会显得那么沉重、那么致命。苏轼为爱妻写下墓志铭，并把她安葬在母亲的旁边，可见至亲之情。

王弗去世后，苏轼曾一度心灰意冷，日日思念亡妻却不敢多想，生怕自己撑不下去而彻底崩溃。十年后，苏轼在梦中见到亡妻，压抑多年的感情，如翻涌的潮水般喷薄而出，不再掩藏，不再自虐，可纵情痛哭，可无限怀念，可在梦中与爱妻重聚……于是，那首令无数人垂泪感动的名篇《江城子》，带着苏轼对亡妻深深的思念，破茧而出。

江城子·乙卯正月二十日夜记梦

十年生死两茫茫，不思量，自难忘。千里孤坟，无处话凄凉。

纵使相逢应不识，尘满面，鬓如霜。

夜来幽梦忽还乡，小轩窗，正梳妆。相顾无言，惟有泪千行。

料得年年肠断处，明月夜，短松冈。

王弗在其碧玉之年遇到了苏轼，又将她一生中最美好最宝贵的岁月，默默地献给了这个家庭。如此蕙质兰心的女子，怎能不让苏轼相思入骨、痛不欲生呢？王弗，注定是苏轼此生最大的劫，最美的梦。

趣味延伸

苏轼虽一生起起伏伏，却始终有个温暖的家，这与他的"两妻一妾"密不可分。苏轼的结发妻子王弗，与他相知相伴十一年后去世。第二位妻子王闰之，是王弗的堂妹，温良朴实，善解人意，与苏轼风雨同舟、患难与共二十五年，陪他走过了一段段最艰难的岁月。苏轼的第三位红颜，是侍妾王朝云，她出身江南，曾为歌姬，先被苏轼买下做侍女，后跟随苏轼读书习字，成为苏轼知音，不离不弃，最终病逝于岭南惠州。

第六章
志同道合自有缘：黄庭坚

　　大文豪苏轼，乃当之无愧的"北宋第一男神"，诗词书画样样精通，慕名而来向他拜师的后辈才子，更是数不胜数。这其中，最有名的就是"苏门四学士"。

　　"苏门四学士"，顾名思义，是苏轼门下的四名弟子，即黄庭坚、秦观、晁补之、张耒（lěi）四人。他们擅长的领域不尽相同，是继承和发扬苏轼的信念、精神与文学成就的后辈才子。

　　在"苏门四学士"中，黄庭坚是才艺最全面的一个，属于通才，在诗、词、散文、书、画领域都有很高的造诣。文学诗歌方面，他与苏轼并称"苏黄"，这是后人给予他的极高评价。

　　黄庭坚与苏轼有着很多相似之处，学霸出身，性情豁达，宦海沉浮，志节不变。在苏轼看来，黄庭坚不仅是他门下弟子，更是与他志同道合的朋友。这份宝贵的缘分，要从苏轼第一次见到黄庭坚的词作开始。

黄庭坚比苏轼小 8 岁，与咱们想象中的师生年龄，有点儿不太一样。现在咱们上学读书，拜师学艺，往往老师都比学生年纪大很多。但在古代，不论年龄，才学高者为师，连大圣人孔子还曾拜七岁神童为师呢。

黄庭坚出身于"十世书香"的显赫门第，当年可是远近闻名的小神童，五岁背诵《春秋》，一点儿错漏都没

十天就全部背出，无一字遗漏，我家出了个神童呀！

有。七岁就能以《牧童诗》而闻名远近，把周围的孩子乃至成年人甩出十八条街，这可把黄爹乐坏了，坐等儿子日后参加科考，金榜题名。

黄庭坚很争气，果然不负众望，走上仕途之路。其实，他心中一直有个大大的梦想：与偶像苏轼见上一面。当时的苏轼，已经是文坛巨星，而黄庭坚只是默默无闻一个小文人，怎么办呢？没多久，机会来了！苏轼去黄庭坚岳父孙觉家做客，岳父趁机拿出黄庭坚的诗文，请苏轼赏析。苏轼一看，认为他的文章"超轶绝尘，独立万物之表，世久无此作"。苏轼是名满天下的文坛领袖，他的一句称赞，直接把黄庭坚送到了文坛最前线。

得到苏轼的肯定后，黄庭坚鼓足勇气，给偶像写了两首诗，表达了自己的仰慕之情，申请加入苏门。然后，每天一下班，他回家就问："有没有我的信？"神宗元丰元年（1078）的一天，他突然收到偶像苏轼的回信，苏轼表示："你想加入苏门，我求之不得，赶紧来吧！"从此以后，这对师生开始了长达八年的"笔友"交往。

八年来，苏轼与黄庭坚一直保持书信往来，你写诗来我作词，你出题来我回应，两人神交许久，过得也挺欢乐，却从没见过面。元丰二年（1079），苏轼因"乌台诗案"命悬一线，与他密切来往的人，都受到了牵连，黄庭坚也不例外。

其实，黄庭坚在此之前，并没见过苏轼，只要闷头不吭声，是可以免受牵连的。但是，此时只是一个小官的黄庭坚却敢挺身而出，并高调发声："苏子瞻无罪！"因此，黄庭坚受到被"罚金"的处分。不久，他又拖家带口前往江西泰和。不过，黄庭坚一点儿也不后悔，还在苏轼贬谪期间，毫不避嫌地继续给苏轼写信对诗，安慰老师，诉说思念之情。

正所谓"患难见真情"。在苏轼最艰难、最寂寞的时候，有黄庭坚一路陪伴和支持，这是多么幸运的一件事呀！若非志同道合，若非惺惺相惜，又怎能如此不离不弃？

　　哲宗元祐元年（1086），苏轼已返京城步步高升，黄庭坚也回到京师任职，两人终于第一次会面了。那日，黄庭坚站在苏府门口，拎着一块精心挑选的洮（táo）砚，紧张得手掌直冒汗，小心脏也不听使唤地乱蹦："终于要见到日思夜想的偶像了……"这一年黄庭坚 41 岁，苏轼 49 岁。

　　苏轼："虽然咱第一次见面，但好像认识很久了。"

　　黄庭坚："咱俩做"笔友"已经八年了。"

　　苏轼："以后有啥新作，随时拿来看看。"

　　黄庭坚："一定！老师要是闲了，也请随时来我家坐。"

　　苏轼："必须的！"

　　以后的三年里，苏轼常与黄庭坚在一起饮酒作诗。苏轼的酒量不行，而黄庭坚正好相反，是个地地道道的酒坛子。宋哲宗元祐三年（1088），苏轼任主考官，他和黄庭坚、张耒（苏门四学士之一）等陪考官几人，一直被关闭阅卷，无法与外界沟通。闲暇之余，有的画画，有的写诗，有的题字。其中，黄庭坚就是那个爱写诗的人，而苏轼呢？黄庭坚是这样说的："性喜酒，然不能四五龠（yuè）已烂醉，不辞谢而就卧。鼻鼾如雷，少焉苏醒，落笔如风雨。"原来呀，苏轼大醉醒来之后，才是他写书法最潇洒的时候，落笔如雨，一气呵成。

老师，您酒后的书法太赞了！

苏轼和黄庭坚不仅是师生，更是志同道合的朋友。但这么多年，黄庭坚一直十分尊敬苏轼，从未逾越师生之礼。当然啦，偶尔两人之间开开玩笑，那是生活调剂品，反而会增添不少乐趣。

有一次，黄庭坚写了几张草书，高高兴兴地拿去让苏轼点评。正巧，苏轼也在书房写字，顺便请黄庭坚给他提意见。二人互相审视对方的作品，偷瞄着彼此的表情神态，仿佛下定决心似的，苏轼先开口："小黄呀，你最近的字写得很清劲，不错！但字显得太瘦，就像蛇挂在树梢上。"黄庭坚一听，心想：老师，您也太毒

舌了吧？于是，他当场机智反驳："老师，谢谢您的品评，不过您最近的字……怎么说呢？似乎有些太扁了，越看越像石头压着癞蛤蟆。"说完后，两人相视一眼，哈哈大笑起来。两人的互为调侃，是对对方艺术个性的称赞，风趣又幽默。

在苏轼的心目中，黄庭坚不仅是"苏门四学士"中最接近自己的人，也是与自己志同道合的好朋友。他们彼此相交，亦师亦友，任世事无常，任天涯相隔，高山流水遇知音，也不过如苏轼与黄庭坚。

趣味延伸

苏门四学士指的是黄庭坚、秦观、晁补之、张耒。他们汇聚在苏轼门下，各有才华。其中，成就最高的当数黄庭坚，他不但可以创作诗词文赋，还精通书法绘画。秦观善写词，风格婉约细腻，与苏轼的豪放派完全不同。晁补之在诗词文方面均有建树，张耒的诗词也同样不凡。"苏门四学士"一生追随苏轼，博学多识，又互相欣赏，互相扶持，名垂后世，千古流芳。

第 七 章

一生得遇一知己：王巩

　　我国著名的文学家鲁迅说过："人生得一知己足矣，斯世当以同怀视之。"意思是——人生在世，只要能够寻得一个知己就足够了，这一辈子我都将他当作跟我志趣相同的好友来看待。

　　从鲁迅这句话可以看出，知己就是最了解自己的那个人。开心时，他与你同喜；难过时，他与你同悲；成功时，他比你更加高兴；失败时，他会给你最温暖的安慰。

　　在男神苏轼的朋友中，有的亲如兄弟，有的敬如父母，有的惺惺相惜，有的志同道合……但有一个人，知其想法、同其信念、胜其乐观、交其终身，乃其知己。

　　这个人叫王巩，之于苏轼，是知己般的存在。

王巩比苏轼小 11 岁，出身豪门世家，他的父亲、祖父都是朝廷重臣。他自己也很争气，精诗词，善书画，早早就进入庙堂，走上从政之路。后来他还成了宰相的乘龙快婿。

按理说，有如此高光强悍的家庭背景，王巩的官运应该如运载火箭一般"蹭蹭蹭"地冲出天际。但他偏偏与苏轼一样，志节高远，一身正气，见不得任何不公平，因而在官场上起起伏伏，非显非达。

神宗元丰二年（1079），苏轼因"乌台诗案"被捕入狱，九死一生，最终被贬黄州。几十位好友被牵连，受到不同程度的惩罚。

令人意想不到的是，王巩作为无辜被牵连者，竟比事主苏轼的处罚还要惨，被贬得最远、责罚最重，直接被贬到更偏远的岭南荒僻之地——宾州（今广西宾阳）。苏轼悲痛万分，只得一句"兹行我累君，乃反得安宅"来表达内心的歉意。

王巩收拾行李，带着家人上路了。从汴京（今河南开封）到宾州，跨越千里之遥，要是能像咱现在一样，有飞机、高铁，倒也没啥大问题。可当时的宋朝，马车已经算是最先进的交通工具了，从北到南这一路，危机重重，生死未卜。不幸的是，王巩的两个儿子，一个亡于贬谪地，一个死于其家，他自己也因生病，差点儿客死异乡。

苏轼得知这一切后，对王巩充满无限的歉疚。明明他才是"乌台诗案"的事主，反而令王巩更倒霉、更悲惨。

因王巩被"流放"到岭南荒芜之地，苏轼心中无比内疚，也十分牵挂、惦记王巩，就经常给王巩写信，表达自己的歉意，并鼓励他好好生活。

王巩与苏轼一样、豁达乐观、宽容大度，每每与苏轼书信往

来，从未提过贬谪之事，还说自己一切安好，他仍视苏轼为文学和生活上的好友。

王巩的乐观与豁达，解开了苏轼的心结。此后，两人书信来往更加频繁，不但天南地北地一顿闲扯，还会说些正经的养生之道。苏轼推荐王巩使用"摩脚心法"，以减少瘴（zhàng）气之害，同时还告诉他"每日少饮酒，调节饮食，常令胃气壮健"。王巩很感激苏轼，慢慢适应了岭南生活，自娱自乐，日子过得也挺好。

王巩这个官二代，从小就勤奋好学，走的也是高端精英路线。

虽然后来落魄了，但那么多年养成的学习习惯，一点儿也没丢。王巩居宾州而不为贬谪萦（yíng）心，却"更刻苦读诸经，颇立训传以示意"。

在岭南期间，一有空闲，王巩就钻入书堆里，学学学、写写写，光寄给苏轼的诗作就达几百首之多。这就是在逆境中"不怨天，不尤人"乐观向上的王巩，硬生生将生活的苟且，活成了诗和远方。

神宗元丰六年（1083），王巩被传召回京，从广西宾州北归。1085年，苏轼被召还朝，去王巩家会宴。苏轼一看，这老弟在南方瘴气之地待了几年，竟毫无颓废之态，仍就精神抖擞（dǒu sǒu），风采依旧。苏轼的好奇心被勾了起来，追着王巩问来问去。王巩挑眉一笑，让歌姬柔奴来献唱。

当王巩被贬谪时，家中的歌姬纷纷离开，只有柔奴一路相伴，不离不弃。柔奴是王巩最珍爱的女子，她的歌声犹如天籁（lài）之音，就像冬日的雪花飘过夏日的甘泉，令人心旷神怡，不知不觉就会忘记所有的不幸和伤痛。

王巩告诉苏轼，多亏柔奴的陪伴，令他度过了那段最寂寞最

艰苦的岁月。听完这些，苏轼越来越钦佩这个奇女子，当他问柔奴："岭南生活一点儿也不好，你怎么愿意去呢？"柔奴笑对苏轼，脱口而出："此心安处，便是吾乡。"苏轼听后震惊不已，没想到一弱女子竟有如此胸襟，也终于知道为何王巩会越来越豁达乐观了。为表达对柔奴的赞赏，苏轼当即填词《定风波·南海归赠王定国侍人寓娘》，并留下千古名句"此心安处，便是吾乡"。

王巩与苏轼相交多年，共沉浮、共甘苦，因知你心，毋需多言。苏轼只在写给王巩的信中吐露心声，常会附言："勿说与人，

但欲老弟知其略尔。"王巩也曾亲口道："平生交游，十年升沉，惟子瞻为耐久。"这句话，不仅是王巩的心声，也是苏轼的心声。

趣味延伸

　　"瘴气"是什么呢？瘴气是一种南方山林间湿热蒸发能致病之气，也是我国古代南方多种疾病的综称，包括疟（nüè）疾、痢疾、出血热等。瘴气的出现，与古代南方的气候息息相关，一般气候炎热、多雨潮湿的地方，瘴气相对严重。但随着现代医学的发展，已经很少听闻这个称呼了。

第八章

豁达豪侠惧狮吼：陈季常

苏轼才华盖世，当属北宋文坛"扛把子"。除了满腹才华之外，苏神还有什么能跻身北宋排行榜首位的呢？有人说美食，有人说足迹，有人说唇枪舌剑，有人说四海交友……其实，在很多方面，苏神都是当仁不让的头版头条，但要让他来回答，那他可能会更喜欢"朋友最多"排行榜。

苏轼的朋友形形色色，数不胜数，上至皇亲国戚，下至山野村夫，各行各业都有，五湖四海存遍，只有你想不到，没有他交不到。不过，在这么多朋友之中，能够让苏轼肆无忌惮开玩笑的，他当属独一份。

他是谁呢？用林语堂先生的话来说，他是苏神被贬黄州时最好的朋友，还被苏神写进了诗里："龙丘居士亦可怜，谈空说有夜不眠。忽闻河东狮子吼，拄杖落手心茫然。"看见"河东狮吼"四个字，大家应该猜到答案了吧？没错！他就是在外豪情万丈，在家怕老婆发狂的——陈季常。

陈季常，出身官宦之家，是一个典型的官二代。陈家与苏家都是四川眉州人，两家还是世交，关系一直很不错，所以苏轼与陈季常很早就认识。当初苏轼刚做官时，先到陕西凤翔任职，当时知府是陈希亮，也就是陈季常的父亲。

苏轼是签判，陈希亮是他的上司，大多数工作需要两个人合作完成。陈希亮为人刚劲严肃，对苏轼一点儿也不照顾，还经常挑他的毛病。陈希亮在苏轼写的公文上涂涂改改，苏轼心里很不舒服。有一天，陈希亮听到苏

当着我的面称他"苏贤良"，毫无体统，该打！

轼的下属喊他"苏贤良"，就发火打了那人一顿板子，这让苏轼很没面子。

其实，陈希亮是很看重苏轼的，他看苏轼年少成名，年轻气盛，就想挫挫他的锐气，以免他日后吃大亏。多年后，经历了太多坎坷与挫折的苏轼在检讨往事时，才明白陈希亮的良苦用心，悔不当初。

那时候，陈季常是家中少爷，英姿勃发，挥金如土，常常舞刀弄剑，以豪侠自居。但当时两人交情并不深，也就没有太多接触和来往。

元丰三年（1080），苏轼在前往贬谪地黄州的路上，过麻城县，继续南下，在距岐亭镇还有二十五里处的一座山上，忽见一人骑马从对面而来。苏轼抬头而望，对方也停下而瞧，结果双双愣住了："这不是许久未见的……"两人万万没想到，分别十六年，竟然在这里重逢了。两个人都很高兴，陈季常拉着苏轼就往家里走，非要留他住上几天。

苏轼刚刚死里逃生，又在异乡举目无亲，正愁前路无知己呢，他乡遇故人，简直有如神助，连心里憋的火都消散了。要说陈季

常这个人，确实挺有意思，明明是个上流官二代，洛阳有豪宅，

河北有良田，这些足以使他的生活富裕安乐了。然而，他却抛开

这些不去享用，偏偏带着妻儿等来到穷僻的黄山一带隐居，还真

是越来越像仗剑走天涯的豪侠了。

缘分让我们相遇。

　　苏轼是贬官，地方官府不会给他提供住宿。刚到黄州时，他

住在定惠院里。后来，因知州的帮助，苏轼在临皋找到一处住所。

陈季常自与苏轼重逢，便一直尽心尽力帮助苏轼，为他解决了很

多生活方面的难题。

　　陈季常住在湖北岐亭，距离苏轼所在的黄州大约一百公里，

所以两个人时常互相串门。在黄州的四年里，苏轼跑去看陈季常三次，而陈季常跑来看苏轼足足七次之多。那时候去朋友家做客，可不是当天去当天回，常常会住上十天半个月。据苏轼记载，他在黄州的四年，和陈季常在一起的日子就有一百多天。

神宗元丰七年（1084），苏轼离开黄州，很多人去给他送行。陈季常作为他在黄州最好的朋友，当然不会落于人后。而且，陈季常还一路相送，直接来了个跨省旅游，从湖北黄州送到江西九江，才恋恋不舍地与苏轼分别。

苏轼："你快回去吧，你夫人会惦记的。"

陈季常："我是借送你才专门离家的。"

苏轼："那你也该走了，否则你夫人会把账算在我头上。"

陈季常："行行行！送你到庐山，我就回去。"

苏轼："你那么喜欢佛，万一留在庐山，我跳进黄河也说不清了。"

陈季常："反正你都离开了，我夫人再气再恼也没用。"

苏轼："话虽如此，我也不想当'背锅侠'。"

瞧瞧，这对情意绵绵的朋友，不但彼此难舍难分，还偷偷说了不少关于陈夫人的悄悄话呢。

哲宗元祐三年（1088），苏轼正值人生巅峰，陈季常千里迢迢来看他。见他日子过得挺滋润，陈季常才放心离开。宋哲宗绍圣元年（1094），苏轼开挂的人生戛（jiá）然而止，被贬岭南惠州，开启南下被贬之路。苏轼抵达惠州半年以来，陈季常来信一封两封三四封……封封都写满了想念。

陈季常有豪侠之气，不喜欢拐弯抹角，想撒娇就撒娇："老苏，我最近挺想你的，我去看看你怎么样？"这可把苏轼吓坏了。要知道，此时他俩都是年近花甲的老头儿了，想跨越千里之遥，谈何容易？于是，苏轼赶紧回信给陈季常，苦口婆心劝他："老

陈，我在这儿好得很，你可别瞎操心了。等哪天有空了，我去看你，你好好在家等我，千万别来找我。"劝是劝住了，但此后，两人再也没有见过面。

苏轼与陈季常这对朋友，是真正的性格相投，彼此就像对方的影子。无须顾忌，无须担忧，哪怕两人变成了老头子，依然能轻轻松松开玩笑，这岂不是人生一大幸事。

趣味延伸

　　河东狮吼，多指悍妒的妻子对丈夫大吵大闹，出自苏轼的诗《寄吴德仁兼简陈季常》。但其本意可能被后人理解错了，"狮子吼"是佛家用语，指高僧演说佛法庄严无惧，仿佛狮子大吼。苏轼引用"狮吼"入诗，主要是和陈季常开玩笑。根据林语堂先生的判断，柳氏也许只是嗓门太大，陈季常或许并没有那么怕老婆。没想到，朋友间的玩笑却形成一个流传千年的"美好误会"。

第九章

半生密友半生仇：章惇

在苏轼的众多朋友中，有一位却留下了千古骂名。但苏轼依然将他保留在自己的朋友圈里，不忍心将其删除。这是为什么呢？那个被后人骂得透透的家伙又是谁呢？

此人名叫章惇（dūn），是北宋中期的政治家、改革家，曾两次出任宰相，对北宋的政治产生了极其深远的影响，也是历史上具有划时代意义的人物。具体来说，他是一个有勇有谋有才华有抱负的人。

苏轼与章惇交往四十年，曾是亲密无间的好友，后又半生疏离不来往。他们两人的友谊和情感，宛若一部长篇历史巨著，充满无数跌宕起伏的情节，有欢笑、有欣喜、有惊险、有仇恨、有

蹉跎、有无奈……最终却只换来一声叹息。

章惇出身官宦世家，头脑聪明、博学多才、相貌英俊，明明可以靠脸吃饭，却偏偏要靠才华。嘉祐二年（1057），他与苏轼一同参加科考，二人都进士及第，由此，章苏二人开始相识。

这次科考，新科状元是章惇的族侄章衡。章惇这个人，心高气傲、争强好胜。当他发现自己的科考排名落后于族侄章衡时，顿时觉得是一种耻辱，于是果断放弃功名，卷铺盖回家继续潜心读书。本来呀，能够考中进士，已经是光宗耀祖的大喜事了，可章惇就是接受不了科举名次在自己族侄后面的事实。嘉祐四年（1059），他再次参加考试，又中进士，名列一甲第五名，这才心满意足。瞧瞧，如此强烈的好胜心，多么让人震惊！不过，也可见此人的性情和才华之不凡，后被朝廷任命为商洛（陕西商洛）县令。

嘉祐六年（1061），苏轼参加制科考试，获得最高的评价等级，后赴陕西凤翔任判官。章惇和苏轼二人同在陕西地方任职，1062年，二人因做解试考官而相遇，一见如故。

苏轼与章惇曾多次互访，相约出游。看来，不仅苏轼自己，他

身边的朋友们也各个都是旅游达人。

一次，两人去终南山游玩，走到仙游潭，此处山势险峻，下面是万丈深渊。两峰间的连接物，只有一座独木桥。胆小的苏轼不敢过，两腿发软、脑袋发麻，不停地打哆嗦，双脚假装迈步，其实一点儿也没动。再看看章惇，不但不害怕，还大踏步走过独木桥，并将绳索系在树上，攀登到山崖石壁上，在石壁上写下："章惇、苏轼来游。"苏轼见状，拍着章惇的肩膀慨叹："老友啊，你也忒胆儿大了！连自己的命都能不在乎，你以后杀人也不在话下。"章惇听完，一点儿没生气，反而哈哈大笑起来。

还有一次，两人在山寺中饮酒，听到有人说前面有老虎出没。两个人借着酒劲骑马向前观看，来到距离老虎十步远的地方，马吓得打着鼻响胆怯后退。苏轼忙说："保命要紧，咱还是掉头回去吧。"章惇却取出一面铜锣，在石头上敲得"咣当咣当"响。铜锣的响声把老虎吓得仓皇逃走了。章惇回来后就向苏轼炫耀："子瞻呀，你这个人太胆小了，将来肯定不如我。"章惇的好胜和勇谋，由此可见一斑。

从这两次经历，可以清清楚楚地看到，苏轼与章惇两人的性格还真是差了十万八千里，完全不是一个路子上的，且友谊的小船很快迎来了最激荡的时刻。

熙宁二年（1069），王安石开始实行变法。此时，章惇和苏轼因政见不同，各站一队。章惇全力支持新法，属于王安石的左膀右臂，仕途顺畅无阻。苏轼被变法派们贴上了守旧派的标签，从京城一次次被发配……然而两人的友情依旧，章惇还常常写信给苏轼，鼓励他、安慰他，苏轼十分感激。

元丰二年（1079），苏轼因"乌台诗案"被构陷，一群他得罪过的官员纷纷向皇帝弹劾他，企图置之于死地。看到这些乌合之众想以"莫须有"的罪名害死苏轼，章惇可坐不住了，在朝堂当面与位高权重的宰相王珪对质，不顾一切力挺苏轼。退朝后，他还追着王珪责问："相公乃欲覆人之家族耶？"（你这是要让苏轼家破人亡吗？）王珪心虚地回答："这都是舒亶（dǎn）出的主意。"后苏轼被贬黄州。

苏轼被贬黄州期间，许多人见到苏轼就像见了瘟神一样，避之唯恐不及。苏轼也很"识相"，主动切断与他人的来往，"虽骨肉至亲，未肯有一字往来"。那时，章惇已经位至副相，经常写信规劝苏轼写诗文要措辞谨慎，勿谈国事，还给予苏轼诸多帮助，

解其困急。苏轼在回信中感怀："平时惟子厚（章惇）与子由（苏辙）极口见戒，反复甚苦。"这份友谊让苏轼感动得稀里哗啦，章惇也成为苏轼在流浪的日子里，最重要的朋友之一。尤其是章惇身居宰相高位时，还能够保持自身正义，不畏流言蜚语，实在是一股难得的清流。

神宗驾崩后，哲宗年幼，高太皇太后垂帘听政，重新起用司马光等一拨旧党人物，清洗变法派。苏轼开启了自己的高光时刻。那章惇呢？作为王安石变法的主要人物之一，被罢黜，被弹劾，样样都有。这一时期，苏辙上书《乞罢章惇知枢密院状》攻击章惇，而苏轼写信劝章惇就此归隐。此时，苏轼是否弹劾或营救章惇，史料上并没有文字留下来，我们无从得知这一时期他本人对待章惇的态度。但是，得罪了敢爱敢恨的章惇，复仇的火焰迟早会烧到他们兄弟俩身上。

元祐八年（1093），宋哲宗掌权，罢免旧党，重新启用新党。章惇再次得到重用，重新踏上人生巅峰，出任大宋宰相。不得不说，章惇天生就是优秀的政治家，有着超乎寻常的治国才能，外可开疆拓土，内可安邦定国。

章惇居宰相之位，那就表示，苏轼一派旧党人士要倒霉了。尽管苏轼已经做好了被降职流放的准备，但他万万没想到，自己竟一下子被贬谪到人迹罕至、瘴气遍布的岭南一带。后来，苏轼有几首歌颂惠州生活的诗传到了章惇的耳朵里。当他读到"报道先生春睡美"一句时，眉头紧皱，心想：原来苏轼过得很舒服嘛！既然这样，就把他贬得更远一些。于是，苏轼又被贬至海南儋州。

在岭南，你还有春睡的兴致？过得挺舒服嘛！继续贬！

哲宗元符三年（1100），苏轼得到赦（shè）免，离开海南，应召北归，章惇却被贬至岭南雷州。章惇的儿子担心苏轼打击报复章惇，就给苏轼写了封信，恳请他能网开一面。苏轼在给章惇儿子的回信中说："我和章惇交往了四十多年，虽然走了不同的道

路，但是交情一直都在，无所增损……"还写了这样一句话："但以往者，更说何益。"苏轼不但没有丝毫怨言，还希望章惇好好生活，至此两人也终于尽释前嫌。

章惇和苏轼两人因政见不同，各自的命运和共同的友谊都经受了考验，在时代党争的风浪中沉浮。因为彼此选择的路不同，两人才会渐行渐远，但友情一直都在，只是再也无法回到从前了。苏轼舍不得章惇这个朋友，是因为他很清楚，过往种种，并非章惇能够掌控，唯友情心照不宣。

趣味延伸

　　章惇是北宋著名的政治家、改革家。章惇作为一名政治家是十分出色的，他锐意进取、变法改革、治理黄河、关注民生、征服西夏、进击吐蕃、收复失地、开疆拓土……章惇任职期间，政绩卓著，是北宋历史上具有划时代意义的重要人物。

第十章
步行千里探竹马：巢古

　　唐代大诗人李白云："郎骑竹马来，绕床弄青梅。"从此，青梅竹马成为异性朋友之间一种最美好的称谓。其实，回头想想，无论古人还是今人，在天真无邪、单纯烂漫的童年时代，如果能有个竹马同伴或青梅好友，那该是一件多么幸运的事呀！苏轼就是其中一个幸运儿，因为他有个能跨越万水千山去探望他的竹马朋友。那么，这个神秘竹马是谁呢？

　　此人名巢古，是和苏轼从小一起玩到大的同乡伙伴，名副其实的竹马朋友。我们都知道，苏轼爱交友，好热闹，诗词扬大宋，朋友遍天下。但在他的众多朋友中，巢古应该是最特立独行的一个。巢古，字元修，从小就身体强壮，力气很大。因父亲在乡里

做老师，巢古自幼跟随父亲学习，知识很渊博。

巢古不是那种呆萌可爱、追着苏轼到处跑的"小竹马"，而是能够带给苏轼十足安全感的"大竹马"。因为，巢古比苏轼大了整整十二岁！这么说吧，当三岁的小苏轼刚上幼儿园时，"大竹马"巢古已经高中毕业了。不过，十二岁的年龄差并没有给二人造成什么阻碍，巢古少年与苏轼小朋友一见如故，相处很融洽，不禁让人既羡慕又钦佩。

十二岁的年龄差并没有妨碍我们成为好朋友。

在巢古哥哥的陪伴下，苏轼度过了无忧无虑的童年，两人感情甚好。后来巢古进京参加科考，见到朝廷也在招武举，心中十分喜欢，就改学骑马射箭，练习武艺。学成之后，巢古又去参加武举，却一声叹息，名落孙山。

那时西边有战事，他便仗剑西行，独自去大西北谋生了。在大西北，巢古遇到了赏识他的河州将领韩存宝，并到韩存宝的军营中做顾问。只可惜，好景不长，后来韩存宝犯法被抓，巢古也失去了容身之所。

苏轼入朝做官，巢谷浮沉在乡里，他们没有机会见面。巢古虽然身在远方，但心里一直惦记着苏轼这个朋友。当他得知苏轼被贬官至黄州时，自己单枪匹马跑去黄州，一如小时候那样，保护并陪伴在苏轼身边。

那时候，苏轼正处于人生低谷。当然，若与他日后的命途相比，一言蔽之就是"没有最低谷，只有更低谷"。黄州是贫苦之地，苏轼也要自食其力，开始务农了。巢古特意从家乡四川眉山带来巢菜的种子，和苏轼一起种地种菜，美食促进了苏、巢之间的友谊，还讲家乡的趣闻趣事哄苏轼开心……巢谷的陪伴减轻了苏轼内心的苦闷，巢古不愧是雪中送炭的真朋友。直到苏轼重新振作起来，巢古才放心地离开，挥一挥衣袖，不带走一片云彩。

巢古这个独行侠，总是不按常理出牌，给人一种"神龙见首不见尾"的神秘感。但在苏轼最需要朋友的时候，他总会第一时间出现，不遗余力地帮助小竹马。苏轼晚年，连续遭到贬谪，一路至海南岛。见苏轼落魄到如此田地，以前抱他大腿的人，各个假装不认识，能躲多远躲多远，甚至一些家族亲戚也不再与他来往，当他是个透明人。此时，巢古已经 70 多岁，在老家听说后，气得白头发、白胡子差点儿烧起来。他告诉孩子们："苏轼是我自小玩到大的朋友，不管别人怎么说，我都要去探望他。"

家里人都以为巢古在开玩笑，完全没当回事儿。谁知，这位 70 多岁的老人竟然来真的，带着行装就出发了。他先是从眉山到达梅州，并在梅州给苏辙写信说："我步行万里来见你，不用十日咱们就能相见，我就算死也没有遗憾了！"哲宗元符二年（1099），巢古不在乎山高路远，步行万里到达广东循州，问候谪居在此的苏辙，两人尽情诉说着平生之事，说了一个多月也不觉得满足。一个多月后，巢古又离开循州，坚持要去海南见苏轼，非常不幸的是，走到新洲便因病客死异乡，最终也没见到他心心念念的小竹马苏轼。

当苏轼得知巢古去世的消息后，在海南哭得稀里哗啦，几天几夜茶饭不思。虽然我们不知道，那时的苏轼在想什么，但巢古一定是他心中最深的遗憾之一。

像巢古这样的朋友，在苏轼的朋友圈中，可能是最默默无闻的一个。因为平日很少联系，你过你的，我忙我的，但只要看到彼此的名字，心中的牵挂就会被一次次唤醒。当你感受幸福时，他会悄然离去；当你承受不幸时，他会义无反顾地帮助你、陪伴你。巢古之于苏轼，便是如此，不言不语，尽在心底。

趣味延伸

北宋建国之后，一直推行"重文轻武"的国策，削弱武将权力，大量选拔文人士大夫，以达到长远稳定的治国目的。"重文轻武"加强了朝廷的中央集权统治，促进了北宋经济文化的繁荣和发展，但因军事投入减少，导致北宋军队素质不佳，战斗力不足，频频遭到外敌侵略而一味忍让，令周边的游牧民族更加肆无忌惮，内忧外患越发严重，为北宋的灭亡埋下了隐患。

序 篇
兜兜转转万里路

古人云："读万卷书，行万里路。"

读书能够增长知识，行路能够增长见识，两者同样重要。只读书，不行路，会缺少实践体验，纸上得来终觉浅；只行路，不读书，则会缺少方向指引，很可能误入歧途。两者相辅相成，缺了哪个都不行！

现代社会，经济繁荣，交通便利，空闲时间外出旅行已成常态：带着家人观景散心，领着孩子开阔眼界，陪着朋友谈天说地……简直快乐似神仙。但在我国古代，想行万里路，可不是一件容易的事。

当然，不管多难，只要去做，还是能够做到的。

有的人，譬如：荆轲，压根儿就不想过平凡的生活，主动"仗剑走天涯，游历四方"，吹吹风，看看星，再刺杀个皇帝，最后千古留名。

有的人，譬如：李白，怀着"世界那么大，我想去看看"的信念，云游四海增长见识，名诗佳作批量产出，被后世尊为"诗仙"。

有的人，譬如：我们要讲述的主人公苏轼，属于"高开低走"的典型，初露锋芒就名震京师，然后不是被贬谪，就是在被贬谪的路上，从北向南，越走越远，足迹遍布北宋半个天下。

苏轼，字子瞻，号"东坡居士"，乃北宋第一全才。他生性豁达乐观、耿直豪爽、才华横溢，朋友众多。无论身处何方，只要他站在那里，就会成为一道最亮丽的风景线。

然而，世事无常，哪条路上没有几个坑呢？估计苏轼自己也不知道，究竟得罪了哪些"挖坑小能手"，居然会在他前行的漫漫长路上，挖下一个又一个坑。怎么办？他只能爬上来，再走过去，兜兜转转，行走万里路，几乎走遍北宋大半个天下。

苏轼是个非常有趣的人，他胸怀坦荡，不拘小节，纯真得像个孩子一样。他寄情四海，一生飘零，从北向南，去过很多地方。无论城市大小、无论发达落后、无论距离远近，只要苏轼踏上那片土地，就会用自己的赤诚之心，好好热爱那里和那里的百姓。

开封、颍州、黄州、徐州、扬州、密州、定州、杭州、登州、常州、湖州、眉州、惠州、廉州、儋州、凤翔……

走过这么多地方！难怪磨坏我一筐鞋。

回首往事，历历在目，恍若昨天：为民求雨、亲身抗洪、修桥筑堤、疏通河道、建医院、办学堂、救孤儿、治疫瘴……也许，苏轼一路南下，未必出于自愿，但毫无疑问，那些留下他足迹的地方，都是他此生仁爱和温情的记录者，更是人们敬仰他、爱戴他的最佳证明。

那么，我们就踏着苏轼留下的足迹，循着他去过的每一个地方，走入他那波澜起伏、如诗如画的人生吧。

第一章

我的乐园我的家：四川眉州

秋风萧瑟时，常常有人发出感叹：落叶要归根。其实，每个人也像树木一样，都有自己的根，那就是生养自己的故乡。

谁都有父母，谁都有家乡，没有哪个人真的是从天而降……

作为北宋大文豪的苏轼，词作早已冠绝天下，名垂后世。那么他的"根基"和"土壤"在哪里呢？

四川眉州，眉山小镇。

一提到四川、巴蜀之地、天府之国，很多人就会不由自主地流口水，因为那里是一片美食胜地：麻辣火锅、水煮肉片……真是令人垂涎欲滴呀！但除了美食，巴蜀之地，山清水秀、人杰地灵、历史悠久、民风淳朴，也是文人墨客向往的地方。

宋仁宗景祐三年（1036）冬日，小苏轼出生了。那白白胖胖的脸蛋、黑黑亮亮的眼睛、圆圆滚滚的身体，可爱至极。

苏轼的到来，给整个家庭带来了前所未有的喜悦和欢乐。其中最高兴的，当然是父亲苏洵，因为在此之前，有个儿子早夭，令苏洵一度痛苦万分，盼星星盼月亮，苦苦祈祷，终于等到苏轼的降生。

当然，那时谁都未曾想过，这个刚刚出生的小婴儿，日后会成为北宋文坛的超级红人、无人能及的旷世才子。不过，时至今日，当地依然流传着一个神奇的传说：小苏轼出生的那一瞬间，附近彭老山的花草树木，一下子全部枯萎了。当地人都说，苏轼把这一山的天地灵气都给吸干了，足以证明他生而不凡。

苏家院子很大，有高高的梨树，盛开着荷花的池塘，长满绿色蔬菜的菜园，院外环绕着翠竹构成的竹林。

苏轼在幼年时期，除了读书识字之外，还有很多兴趣爱好。他活泼好动，调皮得很，常和伙伴们在院子里跑来跑去，一会儿爬树偷窥鸟巢，一会儿入菜园挖土石，一会儿绕着翠竹躲猫猫，一会儿围着池塘哈哈笑……

每当他往鸟巢里窥探时，母亲都会严肃告诫他，不得捕捉鸟雀，因此，鸟雀可能知道在这个庭院里不会受害，便在庭院里的低处筑巢，低得孩子们都可以望得见。

六岁那年，苏轼进入私塾，像现在的小朋友一样，开始了小学生活。那个私塾的规模比较大，有学生一百多人，老师是道士张易简。苏轼天赋超人，轻而易举就将其他小朋友甩出十八条街，很快就从学生群里脱颖而出，老师对他十分喜爱，称赞他悟性极高。或是受到老师的影响，苏轼成年后，依然很喜欢参禅悟道，结交和尚、道士之类的朋友。

苏轼八岁到十岁之间，父亲苏洵上京赶考，因名落孙山，心情郁闷，独自外出游历。这段时间，母亲程氏把苏轼从私塾接回家，亲自教他读书。苏轼的母亲，可不是普通人，她出身名门大户，温柔贤惠，知书达理，是孩子心目中的好榜样。贯穿苏轼一生的忠贞正直、豁然坦荡，与母亲的言传身教是分不开的。

有一次，母亲程氏正教苏轼读《后汉书》，给他讲东汉的历史。东汉末年，宦官专权，正直的官员受到了排挤迫害。范滂（pāng）是当时朝中大臣，清正廉洁，在混乱的官场待不下去了，就辞官回家侍奉母亲。后来宦官大肆捕杀仁人志士，范滂就在被抓捕的名单之中。他不想亲朋被牵连，更也不想让母亲跟随自己流离他乡，他认为只要自己死了，灾祸就可以平息，于是打算自首，和母亲诀别。范母深明大义，反而劝说儿子："忠孝不可两全，为国为民，死而无憾。"范滂感激母亲，最终从容赴死，被后世万代传颂。

读到这里，苏轼抬头问母亲："轼若为滂，母许之否乎？"母亲程氏回答："汝能为滂，吾顾不能为滂母耶？"这句话的意思

是，如果苏轼可舍生取义，母亲程氏一定会支持他、成全他。从此，苏轼牢记母亲的教诲，无论遇到怎样的困境，从来没有改变过初心。

父亲苏洵三次大考都名落孙山，他对科考已经不抱希望了，但是他对家中的两个儿子依然满怀期待，于是他专心辅导苏轼和弟弟苏辙的学习。就这样，在父亲苏洵的教导下，苏轼和弟弟苏辙的学业突飞猛进。

尽管学习有些枯燥，但苏轼却能够自得其乐，从没觉得清苦。

这样一个天资聪颖，又爱学习的孩子，会令世间多少父母羡慕嫉妒呀！

随着时光缓缓流逝，苏轼也一天天长大了。

他从小就文采斐然，才华横溢，早早闻名十里八乡，大伙儿都知道有这么一个小神童。小神童自己倒不以为然，学习之余，游山玩水、观云望月，不但增长了见识，还开阔了眼界。家乡的山清水秀，云蒸霞蔚，雾霭（ǎi）蒙蒙，像华美斑斓的画卷，深深烙印在苏轼的心里。

北宋时期，四川眉州地区，当学子们入京应考之前，往往会在家乡先娶妻，再前往京城。为什么呢？主要是防止京城的名流巨富抢人。据说，一旦有学子应试高中，那些京城商贾们就会蜂拥而至，带着大包小包的礼物，纷纷向高中的学子提亲求婚。

按理说，这是好事儿呀！但苏轼的父母很担心，在京城里人生地不熟的，谁知道抢走儿子的是什么样的人呢？想来想去，还是觉得娶个本地姑娘，彼此知根知底，那才更靠谱。

十九岁那年，苏轼与眉山青神乡贡进士王方之女王弗成家了，王弗比他小三岁。王弗的父亲执掌一个书院，王弗自幼接受了良

好的教育，聪慧谦谨、知书达理、颇通诗书，她有着"敏而谨，慧而谦"的性格。

苏轼读书时，她就坐在旁边陪伴。苏轼忘记读过的内容时，王弗就在一旁提醒。可谓"上得厅堂入得厨房，督促夫君共创辉煌"。

四川眉州，是苏轼的故乡，也是他小时候的乐园。此时，十九岁的苏轼，如同振翅欲飞的雄鹰，即将冲破九霄，翱翔天空，去往那繁华之地，实现一生的理想。

旅游贴士

北宋眉州，治所在今四川眉山，已有上千年的历史。这里文化鼎盛，饮誉四海，还形成了一个独特的文化体系——三苏文化。巴蜀之地，山清水秀，自古风景优美，眉州周边城市成都，就是旅游热点城市，成都的特色旅游景点有青城山、都江堰、太古里、西岭雪山等。

第二章

让我欢喜让我忧：河南开封

我国历史上任何一个朝代，都有属于自己的都城。都城，往往是指当时的政治、经济、文化、教育、军事的中心。苏轼生活的北宋，自然也不例外。

北宋文化兴盛，经济繁荣，但从建国开始，一直奉行"重文轻武"的国策。长此以往，国家的军事力量要多弱有多弱，动不动就被周边的辽、金、西夏给"胖揍"一顿。幸好，北宋财大气粗，只要被打就赔钱，和平盛世持续了几十年。

正因为如此，除了重中之重的都城汴京（今河南开封）外，北宋还建了另外三个以军事为主的都城，负责守护汴京的安全。汴京有皇宫、有庙堂、有功名、有繁华、有无上荣光……是宋朝

万千学子向往和追求的梦想之城。

年轻的苏轼，带着他的满腹才华，雄赳赳气昂昂地走来了。

苏轼初到汴京，如果用一句话来形容，那就是：吓死宝宝了！尽管离开家乡时，他已经做好了充分的心理准备，但还是被京城的"国际大都市"氛围惊呆了：香车宝马，舞榭歌台，锦衣玉食，富贵逼人，高端、大气、上档次，只觉得琳琅满目，眼花缭乱。

不愧是"国际大都市"，总算开眼界了！

不得不说，都城汴京与眉山小镇，实在太不一样了，完全就像两个世界。一个繁华闪耀、一个宁静致远、一个宛若梦寐天堂，一个充满人间烟火。这时的苏轼，踌躇满志，意气风发。

当科考来临时，苏轼露出了"学霸"的真面目。在礼部组织的一场考试中，主试官欧阳修一度以为能写出这么"惊天地泣鬼神"的文章的人，只有他的学生曾巩。为了避嫌，欧阳修把苏轼改成了第二名，后来才知道弄错了。就这样，苏轼与那一科的第一名擦肩而过，却受到了文坛大咖欧阳公的认可与称赞。

苏轼中进士后，宦途正要开始，可偏偏就在这时，他的母亲去世了。他抛下一切，急忙返回家乡奔丧。

宋仁宗嘉祐四年（1059），守丧期满，苏轼带着家眷重返京都。随后，他参加了朝廷的制科考试，宋仁宗读苏轼和苏辙的试卷后大为赞赏，他回到后宫就对曹皇后说："朕今日为子孙得两宰相矣！"自此，苏轼名扬天下，后被任命为大理评事，签书凤翔府判官。

三年后，苏轼任满返京，后在史馆任职。接下来，他的妻子和父亲相继离世，他只能再次回乡守丧。三年又三年，苏轼一次又一次错过青云直上的机会。

熙宁二年（1069），苏轼再回京城时，朝堂已经变天了：王安石开始推行变法，新党派与旧党派陷入纷争。苏轼不畏权贵，

据理力争，向皇帝进言变法的弊端。可像他这样，总给皇帝打"小报告"，迟早会被变法派边缘化。果不其然，熙宁四年（1071），

外面的世界很精彩，外面的世界很无奈。

苏轼觉得在朝廷待不下去了，主动提出外调，去往杭州任职通判。

苏轼在外任职十多年后，直到元丰八年（1085），神宗皇帝驾崩，变法失败，汴京城又一次变天。年仅10岁的哲宗继位，太皇太后高氏临朝摄政，开始复用守旧派，恢复旧法，任用司马光为相，将王安石的新法全部废除。作为旧党势力中的重要人物，苏轼奉诏还朝，回到了久违的京城。

这次，五十岁的苏轼回到京城以后，就像踏上了平步青云的"直通车"，也迎来了自己人生的巅峰。他就像坐火箭一样，实现了仕途的大飞跃，一路升至礼部尚书，职位仅次于宰相。

苏轼的一生中，共经历了北宋五位皇帝。尽管政治策略不同，

但他们都十分欣赏苏轼的才学。此外，还有贤德明理的太皇太后庇佑，和志同道合的朋友支持互助，才令苏轼在这风起云涌的汴京，依然能寻得宁静淡泊的生活。只可惜，那些妒忌痛恨苏轼的人，一心想将他从庙堂高处拉下来，曾多次弹劾构陷他。

在汴京城里，始终充满了尔虞我诈、明争暗斗。这些都是苏轼最反感的。他确实有宰相之才，也有报国之志，可他嫌弃那些伪善低劣的"耍手段"，更向往纯净明澈的"君子交"。当庇护他的太皇太后高氏去世后，他的职场的最大危机也随之而来。苏轼似乎早有预感，又仿佛如愿以偿，心情平静地带着家眷，再次离开汴京。这一走，便是永别，直到生命的尽头，苏轼再也没有回来过。

最后一次与汴京城说拜拜。

都城汴京，是苏轼名扬天下的地方，也是曾给予他荣耀的地方。这里处处金碧辉煌，常会令人迷醉其中，甚至会让人忘记在不为人知的角落里，还藏着很多暗影。或许，喜忧参半，又爱又恨，便是苏轼对汴京的真实感受吧。

旅游贴士

北宋都城汴京，即今河南开封。开封在历史上有"八朝古都"的称号，是一座十分吸引人的城市。开封气候温和，四季皆宜，这里风景名胜众多，有清明上河园、大相国寺、开封府等。

第三章

人生仕途第一站：陕西凤翔

苏轼生活的北宋时期，经济发达、文化繁荣、人才辈出。经过历朝历代的积累与完善，北宋对官员的选拔制度，早已有一套严格的任命标准。

宋仁宗嘉祐二年（1057），年轻的苏轼考中进士。可就在他金榜题名的时候，不幸却向他袭来，家乡传来母亲程夫人去世的消息。苏轼只能扔下一切，火速赶回家乡奔丧。

宋仁宗嘉祐四年（1059），守丧期满，苏轼又带着家眷回到了京城。曾经的荣耀已成过往，但没过多久，他又参加了朝廷举办的制科考试并获得了三等，从此名扬天下。

可在北宋，不管名气有多大，才学有多高，金榜题名的学子

刚入仕途时，都要遵循官员任命的要求——从低做起。哪怕是闻名全国的苏轼，也只是被派往陕西凤翔做了个小判官。

凤翔位于陕西西部，离渭水不远，是个历史古城，名胜古迹比较多。当时的凤翔，因毗邻西夏，是边陲重镇，要给边防军供应粮草，并且因为距离终南山近，每年还要向朝廷输送木材。

苏轼来到凤翔后，主要负责审理各种案件。他性情豁达、直白豪爽，又年纪轻轻、喜好交友。苏轼不拘小节，大事聪明，小事糊涂，但生活往往是由琐碎的小事组成。当时身处凤翔的苏轼，就觉得人人都是好人，人人都可交友。

有缘来相聚，
人人是朋友！

有段时间，家里常有客人来访，苏轼每次都热情接待、谈笑风生，他为自己能交到新朋友而高兴得不亦乐乎。每每此时，苏夫人王弗都会带着担忧和无奈，多次提醒丈夫："我听那人说话模棱两可，他只顺着你的心思，你又何必跟他敷衍闲费工夫呢！"有人来找苏轼办事和苏轼套近乎，王弗总告诫苏轼说："这个人这么快就和你交上朋友了，这是不符合常理的。这种人是不能长久做朋友的！"

起初，苏轼并未在意，甚至觉得妻子"想多了"。但事实证明，在慧眼识人这方面，大文豪苏轼完全被妻子王弗吊打。后来，每当再有人拜访，苏轼就会征询妻子的意见，少走了很多弯路。

苏轼到凤翔的第二年，便出现了大旱天气，好久都不下一滴雨，地里的庄稼都快枯死了。当地百姓心急火燎，于是苏轼主动请缨，为老百姓"求雨"。

从现代科学来看，"求雨"只是一种美好的愿望，不是想成功就能成功的。但古人始终相信，只要诚心祷告，就能如愿以偿。也许，是苏轼的善心足够真诚，抑或是他那洋洋洒洒的"祈雨文"感动了上天。过了几天，天空下起了小雨，但是仍然不能抗旱保

苗。后来，他代知府向仁宗皇帝写了一篇奏折，请求恢复太白山神原来的爵位。又过了几天，乌云滚滚，雷声隆隆，瓢泼大雨从天而降，连续三天不曾停歇。就这样庄稼活了，百姓笑了，田野间充满了欢声笑语，苏轼也快乐至极，他还专门为此写了一篇《喜雨亭记》。

凤翔是苏轼仕途的第一站，他在这里做判官，工作轻松，日子闲淡，倒也别有一番趣味。有时候，他会专心致志学习，阅读古代典籍手稿，继续提升自己；有时候，他会在家陪伴妻儿，喝

喝茶、种种花，过几天悠然闲适的生活；有时候，他会和朋友外出度假，游游山、看看水，放松身心，喝个酩酊（mǐng dǐng）大醉。

茶和酒，是苏轼一生都不能舍弃的朋友。

在凤翔，他遇到了一位和他纠缠一生的朋友——章惇。章惇有勇有谋、胆大心细，曾两次出任北宋宰相，是历史上有名的政治家。苏轼与章惇，性格完全不同，但彼此才华横溢，互相欣赏，经常结伴出游，那是苏轼在凤翔任职期间很美好的一段回忆。

凤翔三年，正值苏轼年轻气盛，他刚踏入职场，难免会做出一些冲动之举。毕竟咱苏神不是真的神，只是一个有血有肉的年轻人，偶尔犯点儿糊涂，也是人之常情。

苏轼任职凤翔期间，曾调来一位新上司——陈知府陈希亮。陈希亮为人严厉刻板、不苟言笑、目光如冰。苏轼的才华得到了欧阳修等人极力褒扬，宋仁宗还把苏轼作为宰相的后备之才，初出茅庐的苏轼，有些恃才傲物，他还不够沉稳内敛，在官场上也不知屈伸。苏轼的顶头上司陈希亮自然就看他不顺眼。

苏轼是陈希亮的副手，替陈希亮起草各种文稿。令苏轼最不

高兴的是，不管他怎么写，每次陈希亮都会自作主张地改上几改。在苏轼看来，这显然是瞧不起他这个旷世才子！就这样，两人的关系变得越来越恶劣，陈希亮甚至给京城写了公文，控诉苏轼不服管教、违抗命令。

苏轼怎么都想不明白，为什么这个奇葩知府非要针对他？后来，陈希亮在官府后园修建了一座楼台，叫作"凌虚台"，他让苏轼写篇文章，刻在石碑上留念。这下苏轼算是逮着报复机会了，写了一篇《凌虚台记》，文章充满了讽刺嘲笑之意。谁知陈希亮看完这篇文章，反而微笑着说："写得太好了，原封不动刻在石碑上

吧。"这反倒令苏轼自惭形秽。

原来，陈希亮处处压制苏轼，是怕他少年成名，傲慢自负，以后摔跟头。苏轼得知其良苦用心之后，既感激又内疚。陈希亮去世后，苏轼亲自为他写了墓志铭，并与陈希亮的儿子陈季常成为一生挚友。

陕西凤翔，是苏轼仕途的起点，也是他人生第一个职场。虽然他在这里犯过一些小错，但收获更多的，是人情世故的历练和一段段美好的回忆。某一日，当苏轼回首往事时，他会发现最单纯快乐的日子，便是凤翔三年。

旅游贴士

　　陕西凤翔，即今陕西省宝鸡市凤翔区，是陕西省历史文化名城。凤翔处于秦岭地区，山川沟壑（hè）较多，气候干燥。在凤翔之外、陕西省西安市，更是一座全国闻名的旅游城市，秦始皇陵兵马俑、大唐芙蓉园、西安大雁塔……都是历史留给后人的瑰宝。

第四章

杏花烟雨醉江南：浙江杭州

在我国古代，民间流传着这样一句谚语："上有天堂，下有苏杭。"简单来说，就是天堂虽然美好无瑕，但在人世间，苏杭的美景完全不差。正因为如此，苏杭几乎成为历朝历代的旅游胜地。

杭州，自古至今都是一个美妙绝伦的地方。它有江南的秀美温柔，多彩多姿；也有江南的诗情画意，潇洒神韵；还有江南的娴静包容，百花争鸣。这样美丽如画、风情万种的地方，无论任何人，都会流连忘返，不愿离去。

苏轼这一生中，曾先后两次来到杭州做官，赏杭州之美，爱杭州之民，疏杭州之水，建杭州之功……杭州给了苏轼太多难忘的经历，一直令他魂牵梦萦，深深热爱。

宋神宗熙宁四年（1071），苏轼离开京城，第一次来到杭州任职，为通判，协助知州工作，负责掌管粮运、家田、水利，诉讼等事项。这次苏轼被贬谪，主要与王安石变法有关。当时，朝中正如火如荼地推行新法，苏轼上书皇帝，陈说了变法的弊端，为把持朝局的变法派所不容，苏轼就在京城待不下去了，请求出京。宋神宗还是爱惜苏轼这个人才的，于是就派他去了有"人间天堂"美誉的杭州。

苏轼第一次来杭州，放眼整个杭州城，青山绿水环绕，杨柳依依，晓风残月，处处皆风景。走在这纵横交错的街道上，灯红酒绿，轻歌曼舞，极尽繁华盛世。

苏轼喜欢杭州，非常喜欢！这里有美景，有诗词，有歌舞，有佛寺，有庙宇……更有美丽的西湖。西湖的诗情画意，仿佛只有苏轼才能真正理解；而苏轼的豁达洒脱，似乎也只有西湖能够完美体现。

苏轼是因反对变法而主动请求外调，才来到杭州城的。说起来，苏轼这样离开京城有点儿像认输了、像在逃避。但杭州的温柔、轻松与包容，都令苏轼一扫阴霾的心情，秒速适应，直接开启新生活。

苏轼的办公地点在凤凰山顶，既能俯瞰整个西湖，又能远望钱塘江湾。他的日常工作量不大，主要是审问核实案件，还算悠闲。只不过，苏轼就是因为反对新法才离开京城的，而他来到杭州做官，却要继续帮着变法派推行新法，这也太讽刺了吧。苏轼性格直率，豁达坦荡，他不忍心审问和他一样反对变法的百姓，继而写下一首首肺腑之诗，诉说百姓的苦，专门去揭露那些给百姓带来苦难的人。

工作太累心，于是，苏轼逃往最能抚慰人心的大自然。西湖和城郊，就有三百多个寺庙，大都建在山顶上，一有空闲，苏轼就会到西湖边的寺庙里与僧人喝茶聊天，消磨时光。

苏轼也会去参加西湖上的各种游乐活动。有时和家人一起泛舟西湖，有时与文人墨客、同僚朋友一起游西湖，观山望景、饮茶喝酒、吟诗作对……当然，相比之下，苏轼的诗词，才是世间至宝，也是大伙儿最期待的。

第一次来杭州，苏轼过得豪放洒脱、无拘无束、自在又开心。他结交了很多朋友，游访了很多寺庙，创作了很多诗词，也留下了很多足迹。只可惜，光阴荏苒、日月如梭，苏轼任职届满，不得不离开杭州。此时，随行家眷中，多了一个十二岁的丫鬟，名朝云。朝云长大后，才艺俱佳，成为苏轼的灵魂伴侣。在苏轼老年的艰难岁月里，朝云始终不离不弃。

命运就是这么神奇，在残忍地将苏轼吊打一番后，又笑嘻嘻地喂给他几颗甜枣，令他从苦涩中一跃而起，"蹭蹭蹭"地直上云霄。

元丰八年（1085），在京外辗转了十余年的苏轼被召回京。苏轼急剧得势，短短八个月内连续擢（zhuó）升三次，官居三品翰林学士知制诰。然而，不论官职多高、资历多深，只要身处北宋朝堂，内斗就永无止境。令自己和门人都受到了很大冤屈，苏轼实在太厌烦这些了，多次请辞离开后，终于获得批准，外派去杭州做知州。

我一生两次到杭州做官，我与杭州缘分不浅。

苏轼又一次离开京城，重回阔别十五年的杭州。只不过，现在的杭州情况不太好。苏轼出任杭州知州后，天天忙得晕头转向，他恨不得自己有三头六臂。苏轼雷厉风行，政绩卓著，为杭州做了几件大事：战饥荒、驱瘟疫、创办公立医院、开掘西湖、修建苏堤……

苏轼到任杭州不久，杭州就遭逢大旱，粮食收成十分不好。苏轼一边上书朝廷，请求减免杭州百姓的赋税，一边打开官署谷仓，用存粮来救市，还与僧院换粮，救济贫困百姓。

没想到，大旱刚过，杭州又连降大雨，洪涝成灾。苏轼早有准备，不断购买谷物——囤粮，以应付荒年。元祐六年（1091）二月，苏轼被调离杭州。而囤粮预防饥荒这项工作，直到他重返京城，也没有完成。最终饥荒大爆发，百姓背井离乡，苦不堪言。

由于杭州处于水陆要塞，而且人口稠密，很容易导致瘟疫流行。苏轼万万没有想到，偌大的杭州，有几十万人口，竟没有一家公立医院，这可不行！于是，他从府衙拨出一部分公费，自己又捐出五十两黄金，在杭州城的中心地区，建了一家公立医院——安乐坊。它不仅是杭州第一家公立医院，也是我国最早的公立医院。

西湖是杭州的淡水库，但是西湖的淤泥和水草多得吓人，西湖水量日渐减少，必然危及整个城市的供水系统。苏轼决心清理

淤泥蔓草，他将这些淤泥和水草都挖出来，建一道横跨南北的长堤，再在上面架起"六吊桥"，供人们通行。后人为了纪念苏东坡治理西湖的功绩将这道长堤命名为"苏堤"。

我在杭州很惬意，自比唐代白居易。

自从苏轼第一次来到杭州，他与西湖那惺惺相惜的缘分，就再也"扯不断理还乱"了。十五年前，苏轼欣赏西湖美景，创作名篇佳句；第二次赴任杭州，他治理西湖、造人工岛，又以"苏堤"隔开湖水，供百姓使用。西湖之美，因苏轼的点缀而更加夺目；苏轼在杭州的功绩，也以治理西湖最为人熟知。

苏轼又一次离开杭州，但是，他为杭州所做的贡献，永远牢记在杭州百姓的心中，一代一代流传下来。时至今日，杭州人仍会热情地呼喊他的名字——苏东坡。

浙江杭州，在苏轼的心目中，有着举足轻重的位置。苏轼一生辗转全国各地，足迹踏遍半个北宋，但唯有杭州，让他魂牵梦萦，永生难忘。

 旅游贴士

北宋时期的杭州，早已是天下闻名的"人间天堂"。今天的浙江省杭州市，同样是文旅一流的现代化大都市。杭州的热门景点很多，每天都吸引无数游客：西湖、大运河、灵隐寺、千岛湖……置身其中，仿佛人在画中游。

自娱自乐自超然：山东密州

苏轼的一生，多数时间都是在"流放""贬谪"之中度过。要是换成其他人，恐怕早已扛不住沉浮起落，彻底崩溃了。而苏轼不同，他以豪放洒脱的天性、豁达宽广的胸襟，不但接受了自己所经历的一切，他还在自己走过的每个地方，创作出一首首绝世篇章，代代相传，名留青史。

宋神宗熙宁七年（1074），苏轼在杭州通判任期结束后，本应该等待朝廷的安排，去往新的工作地点。但他十分思念弟弟，便主动提出申请，要调任山东密州。因为他的弟弟苏辙，正在山东齐州任职。如此一来，两兄弟就能时常见面了。

无论他走到何处，无论他遇到何种事情，苏轼总是会第一时间想到他的弟弟苏辙。兄弟二人之间深厚的情谊，似乎超越了时间和空间的限制，一直保持着那份最初的纯真和深情。他们互相来往的信件多达数百封。这份比天高比海深的兄弟情，纵观我国上下五千年的历史，也少之又少，显得尤为珍贵。

刚到密州，苏轼就吓出一身冷汗：杭州和密州，一个是人间天堂，一个是穷乡僻壤。无论是在物质生活上，还是在精神生活上，杭州和密州都有天壤之别。

北宋时期的密州，位于山东的贫困山区，经济萧条，文化落后，百姓的生活条件极为困苦。官员的俸禄也相对较低，甚至不足以维持家人的生活所需。苏轼来到密州后，被任命为密州知州。虽然从官职上看，密州知州的地位要比杭州通判高，他相当于升职了。但实际上，他的薪水却降低了。他不得不面对着"高官衔、低薪水"的现实。

他不仅要操心政务，还要为家人的温饱犯愁。由于家中人口众多，生活的困难更是雪上加霜。厨房里空荡无物，每天，他也只能依靠野菊花和枸杞来充饥。作为一方父母官，尚且生活得如此艰难，可想而知，密州的普通百姓会有多么可怜。

苏轼刚到密州时，蝗灾闹得正凶，庄稼、蔬菜无不歉收，食物奇缺。苏轼对于蝗灾并不陌生，他在杭州做通判时，曾亲眼目睹过蝗灾的危害，直到如今仍然心有余悸。

有记载曰："声乱浙江之涛，上翳日月，下掩草木，遇其所落，弥望萧然。"意思是说，那些蝗虫飞来的时候，声音嗡嗡嗡，一群群、一团团、一片片，遮天蔽日，而蝗虫飞过的地方，转眼间就变得寸草不存。

其实，在苏轼到来之前，密州的老百姓已经与蝗虫斗争很久很久了。蝗虫来势汹汹，虽然乡民们日夜扑杀，累得筋疲力尽，可始终都除不尽。因为蝗灾泛滥，用普通的方法是治不了的。

苏轼深入田间地头，亲临指导，带领百姓们用火焚烧，再将烧完的东西全部埋入深坑里，杀虫除卵，永绝后患。就这样，几个月过后，蝗灾终于得到遏（è）制，百姓们欢呼庆祝。然而，蝗灾可以战胜，密州的贫困现状却不是一时半会儿能够改变的。苏轼曾亲自巡查，绕城行走，竟发现很多孩子饿死街头。他痛心不已，眼泪哗哗哗往下流，愧疚难当。他下令州府的官员都到野外去捡拾弃婴，正如他所言"洒涕循城拾弃孩"，他的爱心和慈悲十分令人感佩。

除了受"变法后遗症"的影响，密州地区的治安环境也很差，附近常有盗贼出没，成群结队，打家劫舍，百姓的生活简直是雪上加霜。

起初，苏轼曾制定剿（jiǎo）匪计划，招募州内青壮年，集中训练，对付那些盗匪。后来，他又亲自带兵剿匪好几次，但消灭一拨又来一拨，反反复复，没完没了。

苏轼一看：剿匪虽然狠，但治标不治本！这件事，必须得从根源去处理，否则做什么都白搭。

那么，盗贼横行的根源是什么呢？

一个字：穷！两个字：太穷！三个字：穷死了！

要不是穷得吃不上饭，一个清清白白的大活人，谁会愿意去当盗贼呀？因此，苏轼写奏书向朝廷反映，请求减免密州百姓的赋税。密州如愿获得赋税减免，百姓身上的担子轻松了，有财力搞生产：种桑种枣种长麻，春耕秋收笑哈哈。生活变好了，去当强盗的人自然也就变少了。

密州的社会治安越来越好，经济发展也越来越快，老百姓从心底里感谢苏轼。如果当时有红艳艳的锦旗，估计密州所有老百姓都会主动送给苏轼，让他收奖收到手软。

在密州那段日子，是苏轼最沮丧、最无助的时光。那时他还不知道，以后很长一段时间里，会更落魄、更悲凉。总之，苏轼这一生呀，没有最低谷，只有更低谷。

不过，对于才华横溢的苏轼来说，生活的困境和艰难，反倒会激发出他更多、更强大的灵感，促使他创作出更好、更经典的诗词名篇。

他在密州，写过很多佳作，关乎百姓、关乎民生、关乎天下，自然也少不了他那喷薄而出的愤慨与无助。

本来这些诗词作品，只是苏轼有感而发，坦诚而纯粹，并无其他所指。但几年后，这些干干净净的诗词歌赋，竟被低劣之人"利用"。

不管怎样，苏轼已逐渐适应密州的生活，并全身心投入到建设新密州的大潮中来。作为一州长官，他有更多的主动权，带领当地百姓抗蝗灾、求降雨、拾弃婴、平盗贼……为百姓做了很多实事。

苏轼为了治理郡城南常山的蝗灾和旱情，到常山祭神祈雨，回来的路上和同僚在常山东南的黄茅岗会猎。他骑在马上，张弓

搭箭，豪气干云，众人一片欢呼。

他们运气不错，收获了很多猎物。苏轼乐坏了，词兴大发，当场吟出激昂澎湃的《江城子·密州出猎》，流传至今。

熙宁八年（1075），苏轼重修了密州城北的旧台，并由他的弟弟苏辙亲自题名为"超然台"。这里成为苏轼与朋友们的聚会场所，他经常约三五好友在这里游玩，或登台远眺、或观光赏景、或吟诗填词、或对酒放歌……"超然台"正是苏轼豁达乐观的写照，也凝聚了苏轼"超然物外"的处世哲学。

1076 年暮春时节，微风习习，烟雨蒙蒙，这样的景色触动了苏轼的情感。他站在超然台上，俯瞰着烟雨中的密州城，心中涌起了无尽的感慨。他以诗酒相伴，挥毫泼墨，再创绝世名篇——《望江南·超然台作》。那句"且将新火试新茶，诗酒趁年华"，宛若暗夜里的明灯，为无数在人生旅途上迷茫的后代年轻人指明了方向，不知驱散了多少年轻人的迷茫。

然而，人前永远展现出豁达豪放、从不伤春悲秋的苏轼，也会在人后黯然神伤，纵情落泪。1076 年中秋当晚，他思念弟弟苏辙，眼睛一酸，几乎要流下泪来。在这个月圆之夜，他提笔写下了那首赫赫有名的《水调歌头·明月几时有》。在这首诗中，他表达了对弟弟的深深思念和对人生无常的感慨。他的文字充满了深情和哀愁，读来令人为之动容。

又曾在密州家中，苏轼因梦见亡妻而泪如泉涌。亡妻离开十年，他不敢想，也不敢提。因为他害怕，害怕再也无法压抑住对亡妻深深的思念之情，滚滚的泪水止不住地流淌……然而，伊人已去，陪伴苏轼的，也只有他刻骨铭心写下的名作《江城子·十年生死两茫茫》。他写道："十年生死两茫茫，不思量，自难忘。

千里孤坟，无处话凄凉。纵使相逢应不识，尘满面，鬓如霜。"这些诗句表达了他内心深处的悲伤和无尽的哀思。

山东密州，虽是北宋时期默默无闻的小城，却与苏轼结下了深厚的情缘。在这个地方，苏轼经历了人生中的重大转变，他的心态变得更加平和，性情更加洒脱，生活态度更加超然。这段经历对他的生活和创作都产生了深远的影响，使他的才情得到了前所未有的激发。

 旅游贴士

北宋时期的密州管辖范围包括今天的诸城、日照、高密、青岛的一部分。诸城在先秦两汉时期，是南北文化的交流中心。这里有古文化遗址300余处，还有经过多次修建的"超然台"，更有孩子们喜爱的恐龙博物馆。

第六章

万民挽留不忍别：江苏徐州

苏轼才气焕发、绝世无双，无论古今，粉丝众多。林语堂先生，便是苏轼最忠实、最狂热的粉丝。他曾在书中说："甚至才高如苏东坡，真正的生活也是由四十岁才开始的。"

为什么这样说呢？在林语堂先生看来，四十岁之前，苏轼始终有些自我束缚，没能充分展现出本身的"硬实力"。

他在凤翔、杭州两地，做通判时，只能充当辅助角色，没法干大事。密州时期，他任职知州，终于能够自己做主，为老百姓办实事。

熙宁十年（1077），苏轼调任徐州知州。他在徐州两年创下的功绩，不但证明了他作为官员的干练与优秀，更让他赢得了徐

州百姓满满的感激与赞誉。

那么，北宋时期的徐州，又是怎样一座城市呢？

徐州位于鲁南地区，风光秀美，景色宜人，不但面积大、人口多，更是历朝历代的军事重地。徐州依山傍水，南部耸立着连绵起伏的高山，城外环绕着潺潺流动的河水，还盛产煤、铁等多种矿石。苏轼非常喜欢徐州，自然风光美如画，鱼虾螃蟹随便抓，被他称为"小住胜地"。

苏轼刚到徐州上任时，心中十分欢喜，几乎是一眼就爱上了这个地方。但短短三个月过后，滔滔洪水就汹涌澎湃地"围攻"了徐州。

黄河决口泛滥，迅速淹没了方圆几百里。洪水到达徐州城下，受到城南高山的阻挡，水势越涨越高，甚至超过了徐州城内的街道。再这样下去，徐州就要被洪水淹没了。在这危急关头，苏轼奋不顾身，立刻带领全城官兵，加固城墙，抢救徐州。

可偏偏在这个时候，徐州城内的富人却想出城避灾。富人逃难而出，必然会引起城内百姓恐慌，徐州城就更加危险了。情急之下，苏轼蹚着水跑到城门前，苦口婆心地劝阻："你们如果出了城，就会动摇民心，那么谁来守城呢？只要有我在，就绝不会让洪水入城！"苏轼的勇敢无畏和镇定自若，稳住了徐州全城百姓的心。

洪水一直威胁着徐州，这边刚劝住出逃的富人，那边又要忙着加固城墙。可洪水不退，反而持续高涨，筑堤防水的大工程，也需要更多的人来帮忙。

于是，苏轼穿着草鞋、拄着手杖，咕哧咕哧踩着泥浆，亲自来到禁军军营向官兵们请求帮助。本来，禁军直属皇帝管辖，不

接受地方官的调遣。但苏轼的真诚打动了禁军官兵，大伙儿自愿加入到救城队伍中来。

洪水日夜奔涌，苏轼心急如焚，他指挥巡视，在救灾的最前线奔走，与官兵们同甘共苦。他直接住在城墙上的棚子里，几十天没有回家过夜。

就这样，四十五天后，洪水慢慢退去。徐州百姓欢天喜地，感谢苏轼；朝廷也颁诏下来，褒奖苏轼。由此可见，作为一名父母官，苏轼不仅"称职"，更"超职"！

洪水虽然退了，但苏轼却始终不安心。为了防止日后洪水卷土重来，苏轼立即上书朝廷，申请在城外建造一些防洪工事。

第二年，朝廷就拨款用于防洪建设，人力物力财力，齐刷刷送达徐州。就这样，苏轼在城外建造外城，在城东南筑起一座木坝。

苏轼不仅是个文坛领袖，还是个优秀的建筑师。他非常喜欢搞建筑工程，在杭州西湖建了苏堤，在密州修了超然台。在徐州，当他看到木坝完成后，心里又开始发痒，于是，在城东门上建了一座百尺高楼，名为"黄楼"。黄色代表五行中的"土"，可以克制

"水"，所以"黄楼"有能镇住水患，永保徐州平安的意思。

"土克水"，黄色代表土，这楼就有防水之意了。

黄楼举行落成典礼时，徐州城的百姓欢呼雀跃，都跑来参加。黄楼高高耸立，形如一座宽广的佛塔，还有防洪防水的功能。在苏轼的带领下，众人争先恐后登上黄楼，放眼远眺，四周景物一览无遗。

苏轼治水成功，政绩远播。但在徐州百姓心中，这位苏知州受人爱戴，不仅因为他有治水之功，更因为他真心诚意善待百姓，踏踏实实为百姓办事。

苏轼每次巡查监牢，见到受伤或生病的囚犯，都会指派医生

去专门诊治。在他眼中，犯人也是人，罪不致死，理当救助。这样的知州绝无仅有，很多犯人答应苏轼痛改前非，犯人家属更是感激涕零。

苏轼发现，不少军营里的逃兵，沦落为乡间盗匪。这让他既意外又难过。详细了解情况之后，苏轼才知道，原来是一条荒谬的法令导致的。

军队规定，凡是低级官兵出差公干，路费都要自理，军队不给报销。一出差就十天半个月的，这开销可就大了，他们只能借高利贷，却又还不上。这样不合乎人情又没有道理的规定，逼得官兵只能去偷去抢，被迫变成盗匪。

苏轼为了解决这个问题，他每年都会从经费中省下一部分，作为他们的差旅补贴。这一行动不仅有效地解决了问题，也赢得了徐州百姓的真心爱戴。他的这一举动，体现了他对民众的关心和体恤，凝结了他与徐州百姓之间深厚的情谊。

在徐州，苏轼见到了"苏门四学士"之一的秦观。秦观也是一位百年不遇的才子，他风流潇洒、文采斐然，曾在诗中说："生不愿封万户侯，但愿一识苏徐州。"

在徐州任职期间，苏轼还与"苏门四学士"中的另一位——黄庭坚成为"好笔友"，他们一直保持书信往来。苏轼的知己好友王巩专门来徐州拜访他，苏轼高兴得差点儿跳起来，两人一起出行，饮酒作诗，形影不离，成为文人雅士友情的典范。有名的诗僧参寥也出现在苏轼的生活中，这让苏轼喜出望外。参寥既是道德高尚的诗人，也是悟性极高的高僧，他与苏轼一见如故，成为终生密友。

众多朋友欢聚徐州，苏轼高兴至极，永生难忘。只不过，天下没有不散的筵席。刚刚熟悉一方水土，爱上一帮朋友，苏轼就

要离开徐州，去新的地方上任了。可他舍不得徐州，徐州更舍不得他。

当苏轼离开时，全徐州的百姓都来为他送别，人们悲伤痛哭，不断挽留。苏轼自己也是走走停停，一步一回头。如果时间能够停下，该多好啊！再也没有分别，再也没有不舍……

苏轼在徐州只待了23个月，却政绩斐然。江苏徐州，见证了苏轼为官的高才与能力，也是他仕途中期最热爱、最不舍的地方。苏轼无论走到哪里，都会珍惜他与这个地方的缘分，从不敷衍，从不遗忘。对徐州，他是真爱！

旅游贴士

北宋徐州，古称"彭城"，自古就是华夏九州之一，也是历朝历代兵家必争之地。如今江苏省徐州市的旅游景点，富有厚重的历史文化气息，适合对孩子进行爱国主义教育，增强孩子的民族自豪感。

第七章

突如其来落难地：浙江湖州

苏轼一生辗转，去过很多地方，走遍北宋半个天下，却几乎都不是出于自愿。他性情豪爽耿直、言辞犀利、毫无顾忌、爱开玩笑、善于嘲讽。古人常说："言多必失。"因此，小人们把他当成"眼中钉、肉中刺"，时刻找机会除掉他。

其实，想要给苏轼扣上"莫须有"的罪名，相当容易。正如他父亲苏洵说的那样："苏轼豪放不羁，

以后少说点儿话，免得惹祸上身。

锋芒外露，从不掩饰自己的想法。"果然，知子莫若父。苏轼的性格就是心里藏不住话，不吐不快。

宋神宗元丰二年（1079），苏轼离开徐州，调任湖州知州。苏轼自幼就喜欢吴越之地，能够调任湖州，他心中自然是高兴的。由于近年来自然灾害频发，庄稼收成极差，出现灾害和瘟疫，导致饿死、病死很多人。如今湖州经济萧条，土地荒芜，民不聊生。

对于湖州，苏轼并不陌生。宋神宗熙宁五年（1072），他在杭州做通判时，曾因公出差，来到湖州帮忙治理水患。熙宁七年（1074），苏轼离任杭州出任密州知州时，路过湖州，也曾在这里小住几日。

这次来到湖州，便成为湖州的父母官。他喜欢这里的湖光山色，也喜欢这里的百姓黎民。正因为如此，苏轼更想为湖州做些实事，带着老百姓走出困境。

按照惯例，苏轼到任湖州后，要给宋神宗写一封就职湖州知州的感谢信。原本就是一份普通的例行公事的入职报告，将自己所思所想告知皇帝，以示皇恩浩荡。苏轼在《湖州谢上表》上发了几句牢骚，结果竟然被小人们逮到机会，从这份报告中挑出几句话来构陷弹劾他。

　　小人们觉得单凭这几句不足以扳倒苏轼，于是就从苏轼以前写过的诗词中翻找"不敬之句"，指控苏轼写诗文诽谤朝廷、反对新法、指责皇帝。结果，连续好几份弹劾苏轼的报告，一起被送到宋神宗面前。常言道："三人成虎。"就算宋神宗一直欣赏、信任苏轼，可天天有人说他坏话，皇帝也会忍不住内心动摇。

　　很快，宋神宗就派人前往湖州抓捕苏轼。别看苏轼不在京城，但他交友遍天下。京城不仅有他的朋友，还有他最疼爱的弟弟，他们立刻派人快马加鞭，前往湖州通知他。不管怎样，至少要让他有个心理准备，否则，灾难突然降临时，一般人绝对扛不住。

这边苏辙刚把消息传给苏轼，那边使者就到了。他们像强盗一样，将苏轼从知州衙门抓走。湖州全城百姓出来相送，各个泪如雨下，高呼他的名字，为他祈祷平安。

那日，船刚刚离开湖州，夜里风高浪大，月色清冷。苏轼心中忐忑，不知自己要被判什么罪，怕会牵连身边的亲人、好友，准备一死了之，简单省事。可转念一想，他要是死了，弟弟一定会痛苦万分。弟弟是他心中宝，绝对不能添烦恼。更何况，他死了，只会让恶人的阴谋得逞，岂不是做了"亲者痛仇者快"的傻事吗？不能死，必须活着！活着为自己讨回公道！

苏轼在京城受审的日子，才是他一生中最难熬的日子。在那暗无天日的监牢里，其中的分分秒秒，不仅造成身体上的疲乏痛苦，更造成精神上的无限折磨。苏轼这次的牢狱之灾，又称"乌台诗案"，被审讯的每一天都像一个世纪那么漫长。而且，谁也无法揣摩皇帝的心思，这个男人一句话就能决定苏轼的生死，令他日日胆战心惊，一刻不得安宁。

在此之前，苏轼曾几次被流放，却从无性命之忧。这一次，他觉得自己很可能走到了生命的尽头，恐惧油然而生。还是那句话：苏轼是人，不是神，他当然会害怕，但他始终坚持自己的操守和信念，不悔过往，不畏将来！

当朝廷内以李定、舒亶等为首的小人们，正在忙着罗列苏轼的罪状时，更多充满正义感的同僚、朋友挺身而出，纷纷为苏轼求情。高高在上的太皇太后曹氏，身患重病之际，仍不忘劝说神宗皇帝相信苏轼，以保全他的性命。那位曾经与苏轼政见不同、已经罢官归乡的前宰相王安石，也主动上书皇帝，恳请赦免苏轼。而苏轼的弟弟苏辙，自从苏轼被捕后，就日夜奔波，多次奏疏神宗皇帝，宁愿舍弃自己的一身官职以保兄长性命。

就这样，因有朝臣的求情、太皇太后的遗嘱，再加上神宗皇帝一直欣赏苏轼的文才，从心底里根本就没想让他死。最后，这起"乌台诗案"以苏轼被流放黄州而完结。

那些想铲除苏轼的小人们，总归没有得逞，但这也意味着，苏轼日后的生活中，仍旧危机重重。苏轼无惧，只是有点儿遗憾，仅仅在湖州任职没几个月，还没来得及为当地百姓做些什么。

浙江湖州，一个山水秀美的小城，虽是苏轼短暂停留的歇脚处，同时也一定是苏轼记忆最深的地方。他在这里落难，生死未卜；他从这里离开，百姓相送。不愿回首，永生难忘！

旅游贴士

北宋湖州是一座具有两千多年历史的江南古城。今天的浙江省湖州市环境优美，很有江南水乡特色，南浔古镇、莫干山、飞英塔……都是很不错的旅游景点。

第八章

凤凰涅槃又重生：湖北黄州

纵观苏轼的一生，浮浮沉沉，起起落落，四海飘零，寄情天下。但一次又一次，面对残酷的命运，苏轼都能扛住风风雨雨，继续前行。其中，包括突如其来的贬谪，也包括至亲至爱的离去，还包括苏轼自己的意志消磨与心境转变。

毫无疑问，"乌台诗案"是苏轼此生最大、最意外的转折点。从那以后，苏轼放下所有期许，收起全部锐气，开始韬光养晦，退隐田园山林，走入"东坡居士"的农夫生活。

黄州，在北宋时期，是长江边上一个穷苦的小镇，这里偏僻落后，人烟稀少。当地百姓以农耕为主，生活贫困而艰辛。

苏轼在"乌台诗案"期间，胆战心惊，惶惶不可终日，几经

波折，总算死里逃生，被流放到黄州做了团练副使。

团练副使，在北宋时期，是个虚职，没有工资，无权参与公事，甚至还要受朝廷监管，不能随便离开。毫无疑问，这段日子是苏轼的人生低谷。要想在黄州生活下去，他只能靠自己的双手去开荒垦地，种菜煮羹了。

苏轼到达黄州后，得到鄂州知州朱寿昌的照顾，他帮苏轼一家找了一幢叫临皋亭的房屋居住。这里原本是官府驿站，破旧而简陋，但总比全家没地方住好吧？毕竟，苏轼这次是"戴罪流放"，衣食住行都需要自己想办法解决。

可是，家里没有收入，怎么生活呢？

苏轼确实没闲着，很快就在黄州城的东边，开辟出一片田地，开始自己动手丰衣足食的生活。由于田地在城东的高坡上，苏轼就叫它"东坡"，顺便给自己起了个外号"东坡居士"。

苏轼将荒地上瓦砾碎石清除，亲自开荒种田，种上了稻子、麦子、桑树、茶树、枣树、橘子树……种类繁多，别具特色，看起来真不错。还在附近盖了一座房子，因房子建成那天，雪花飘飞，所以苏轼给它取名"雪堂"。

从今天起，我就是农夫了。

　　现在，苏轼真正变成了农夫。他性格豪爽，不拘小节，喜好交友。黄州本地卖酒的、卖药的……虽然行业不同、职业不同，都是他的朋友。

　　本地和邻城的知州也常常来拜访苏轼，处处给予照顾。远道而来的竹马巢古，从家乡带来种子，和苏轼一起种菜。不期而遇的挚友陈季常，从岐亭到黄州，更是多次跑来看望苏轼。

　　苏轼没有工作的压力，平时耕田、种菜，家庭幸福美满，朋友时常往来，日子过得十分悠闲。他是文学大咖，是建筑大师，还是善于做菜的星级大厨！

在黄州当地，猪肉非常便宜，只是处境有些尴尬：富人看不上，穷人不会煮。苏轼觉得，猪肉是极佳的食材，居然没人吃，实在太可惜了。于是，他将猪肉买回家，变着法子研究烹煮方法，创造出了美味可口的"东坡肉"。以这样的节奏，他又先后创造出"东坡鱼""东坡汤""东坡羹"。直到千年后的今天，我国的很多菜品仍然在用"东坡"命名呢。

苏轼爱上了黄州，也爱上了农家生活。他甚至想过，从此归隐田园，做个逍遥自在、无忧无虑的隐士。然而，他始终胸怀天下，心系苍生，见到世间不公平的事，见到遭遇困境的人，总会不由自主地去帮忙。

在黄州，苏轼和朋友们经常结伴出行，泛长江、游赤壁，豪情万丈，自由洒脱，连续写下《前赤壁赋》《后赤壁赋》和千古绝唱《念奴娇·赤壁怀古》等千古名篇。

此时的苏轼，因"乌台诗案"九死一生，慢慢脱胎换骨，自我蜕变。他不再像年轻时那样尖锐犀利，而是以"温暖平和的态度，乐观坦荡的心境"，真正成为"不以物喜，不以己悲"的东坡居士。正如他自己在另一首名词佳作《定风波》中所写："竹杖芒鞋轻胜马，谁怕？一蓑烟雨任平生。"

苏轼在人生最低谷时，选择坦然面对，韬光养晦。他没有被清苦的日子吓退，也没有被残酷的现实压倒，始终保持乐观豁达的心境，反而让自己在黄州的生活越发多姿多彩。

对于生活，苏轼一直追求精致，没有半点儿马虎。

如今，除了种菜养鱼、品茶饮酒，苏轼又迷上了"养生"。其实，早年时期，苏轼就很注重养生。尽管他未必是北宋养生第一人，但他这么多年的生活中，时时处处都有养生的痕迹。

他说："梳头百余梳，散头卧，熟寝至明。"苏轼在黄州任上

潜心研究养生之术，在养生的路上越走越远，养生方法也在不断丰富。他开始练瑜伽，凝气定神，日日打坐，外修身体内修气，健健康康属第一。

苏轼四海飘零，足迹遍天下，去过很多环境恶劣的地方，直至六十多岁去世，他的身体一直都不错。或许与他天性豁达有关，又或许是他的养生法起了作用。

可有些心事，根本骗不了自己。苏轼一直崇拜范仲淹、欧阳修等老前辈，希望自己也能如他们那样，为国家、为百姓做些什

么，也应了范仲淹那句名言——居庙堂之高则忧其民，处江湖之远则忧其君。正是这份无奈的"进退两难"，才让苏轼一生徘徊在"想仕不顺、想退不忍"的旋涡里。

苏轼和家人住在黄州，耕田种地，自给自足，生活日益安定。但黄州小镇贫困落后，老百姓的思想还没来得及开化，甚至存在一些野蛮恶俗，真是可恨又可怕。尽管苏轼无权参与公事，但有一颗为国为民的心。

他对当地百姓的苦难深感同情，决心为他们做些实事。于是，他写信给本地知州，极力请求革除恶俗，为百姓争取更好的生活。

不久之后，苏轼在黄州组织成立了一个名为"救儿会"的慈善组织。他请来当地慈悲正直的读书人担任会长，共同致力于帮助贫困孕妇和婴儿。每年，"救儿会"向黄州的富人募捐，募集到的钱财用于购买粮食和衣物，然后将这些物资送给乡村的贫困孕妇，帮助他们养育婴儿。

作为"救儿会"的发起人之一，苏轼每年都会拿出十缗（mín）钱，自愿捐赠给这个慈善组织。他的这一举动充满了正义和善良，展现了他深沉的爱心和同情心。无论他身处何方，何种境遇，他

都坚持不懈地参与这样的善举，从未舍弃对人民的关爱和奉献。

湖北黄州，对于苏轼来说，是他人生命运中最重要的一站。在这个地方，他经历了人生的低谷，却也因此得到了涅槃重生的机会。苏轼在黄州期间，诗词创作进入了更高的阶段，他的作品充满了对生活的热爱和人生的智慧。他以独特的视角和细腻的笔触，描绘了黄州的自然风光和人文风情。黄州的生活也让他的人生翻开了新的篇章，此后，他的人生将充满更多的挑战。

北宋黄州，即今湖北黄冈，这里文教事业十分发达，可能很多人最初听闻黄冈，是因为黄冈那"卷"出高难度的考题和考卷。其实，黄冈也有不少旅游景区，东坡赤壁、遗爱湖、五祖寺……都极具历史气息。

北宋时期的岭南，几乎是一片荒凉瘴疠之地。文化落后、教育落后、经济落后、科技落后……处处落后，人人清苦。岭南气候湿热，林木茂盛，蚊虫肆虐，疫病流行，实在不适合人类居住。历代的统治者都把"罪大恶极"的人贬到岭南，岭南也是宋朝流放官员最热门的"目的地"。

元祐八年（1093），宋哲宗掌权，罢免旧党，重新启用新党，任章惇为相。章惇上台后恢复王安石新法，对以前持反对态度的人展开报复。

宋绍圣元年（1094），五十九岁的苏轼再次因"讥讽神宗"被贬，他在贬谪的路上一连接到五道诏书，官职一降再降，最终被贬到充满瘴气、环境恶劣的岭南惠州，任从八品的宁远军节度副使。

绍圣元年（1094）十月二日，苏轼艰难跋涉几个月后，终于抵达惠州。当时，中原地区的人都认为，岭南所在的地方是一个充满瘴气、环境恶劣、贫困不堪的地方，因此人们都避之不及。

苏轼到达惠州后，并没有被恶劣的环境吓倒，反而看见处处山明水秀，林木葱郁，心中十分欢喜。望着惠州浓绿如画的风景、鲜甜美味的热带水果、淳朴真诚的风土人情，苏轼又不由自主地喜欢上了这里，并写诗感叹："岭南万户皆春色，会有幽人客寓公。"

　　果然，苏轼在诗中写下的预言，妥妥地变成了现实。苏轼豁达豪爽，不拘小节，对任何人都能坦诚相待，无分高低贵贱，令朋友们敬仰和喜爱。大家欢聚一堂，谈笑风生，再苦的生活也变得甜蜜起来。惠州知州詹范仰慕苏东坡的才学和为人，将苏轼视若亲友，以礼相待，并安排苏轼先在三司行衙的合江楼住下，并时不时给他一些生活上的帮助。每过几天，他就带着家里的厨师和食材到苏轼家里煮饭做菜。

得到知州照顾，才有一个住所。

苏轼爱美酒，也爱喝酒。不仅如此，他还自己酿酒。他发现，这里没有酒类官方专卖店，反而是家家户户自己酿酒。其中，桂酒是惠州最有名的，它微微带甜，含有异香，非常独特。苏轼四处打听，得到桂酒的酿造方法后，便尝试自己酿酒。

惠州位于岭南荒僻之地，热带水果种类非常多，其他食物却很匮乏。市肆寥落，肉菜严重不足，在这里一天仅杀一只羊，还是给官方食用。

苏轼不敢与当地官员争买，只能再次显露自己的美食天赋，他常从屠户那里购买一些羊脊骨，煮熟后用酒、盐调味，再用微火烧烤，吃起来美味极了。就这样，又一道东坡美食——烤羊脊问世了。

除此之外，在惠州期间，苏轼仍然坚持练习瑜伽，参禅打坐。那时候，朝云陪伴在苏轼身边，也像他一样信佛入道，广结善缘。在杭州任职时，苏轼与朝云初遇；谪居黄州时，苏轼纳朝云为妾；如今在惠州，朝云已是苏轼唯一的红颜知己。

若是生活能够一直这样下去，苏轼也会心存感激，无怨无憾。但命运又一次抛下惊雷：朝云染上瘟疫，在惠州不治身亡。这次近乎致命的打击，让苏轼痛苦了很久。他因思念朝云，写下很多诗词，流传后世千百年。

苏轼虽然被贬谪，但他那颗仁爱之心从未改变，虽然自顾不暇，但总是想方设法帮助穷苦百姓。凡是有益于百姓的事，只要力所能及，便立即伸出援助之手。

苏轼是个非常出色的建筑师，越来越关注惠州的城市建设。惠州东边有一条江，然而，行人过江却只能冒险踏上破烂的竹桥，苏轼认为应该在江上修建一座桥。于是他和知州等官员筹集资金

建了桥，既美化了市容市貌，又便捷了出行交通。

在此期间，苏轼还做了一件事，把无主野坟的尸骨重建一大冢埋葬在一起，他认为那些死者不是无辜的百姓，就是战亡的兵卒。他还真诚地写下祭文，以告慰那些亡灵。当地老百姓，尤其是那些去世者亲属，对苏轼充满感激、更加爱戴。

宋哲宗绍圣三年（1096）三月，苏轼已经被贬谪惠州两年多，他也渐渐习惯了惠州的生活，爱上了这片岭南土地。于是，他在附近的白鹤峰找了一处空地，又开始像黄州那样自己建房，准备日后养老。

这里临靠城墙，北面可以远望江河，环境还算清净。这位建筑师再次和家人投入劳作，共建造了二十间房屋，后人称之为"朝云堂"，它在苏轼的作品中被称为"白鹤居"。

苏轼每到一个地方，就会热爱那片土地，热爱那里的人们。在惠州，他日日真心祈祷：希望百姓常保健康，粮食满仓；希望孩子快快乐乐，平安成长；希望朋友福气绵长，万事顺畅；希望惠州瘴气消除，越来越好。

广东惠州，是苏轼人生旅程中意外又惊喜的一站。或许，苏轼从没想过走入惠州，但居于此处三年多，他对惠州已充满了热爱，正如他自己写下的、脍炙人口的名句所言："此心安处是吾乡。"因为心安，故而留下，惠州便是这样的地方。

旅游贴士

　　北宋时期的岭南惠州，被称为烟瘴之地，环境恶劣，瘟疫横行。如今的广东惠州，已成为珠三角地区的中心城市之一。这里风景秀丽，有很多风景名胜区，如罗浮山、南昆山、双月湾等。

第十章
天涯海角是归途：海南儋州

一千年前，北宋时期的儋州就像一座被抛弃的孤岛，比岭南更加不适合人类居住。而且，当地大部分百姓是黎族人，只有北部海岛沿岸，住着少数汉人。

宋哲宗绍圣四年（1097），身处岭南的苏轼，又一次接到朝廷诏令，被贬至儋州。据说在宋朝，贬谪儋州是仅比满门抄斩罪轻一等的处罚。

这时的苏轼，已经是一个风烛残年的老人，一路被贬，一路南下，已是非常恶劣的"处罚"。很多事，苏轼自己也无法掌控，只能随遇而安，坦然面对。

流放儋州这件事，据说是因为他写了几首赞美惠州生活的诗，比如，"报道先生春睡美，道人轻打五更钟"，诗句传到章惇耳朵里，章惇认为他的贬谪生活太闲适了，心中愤愤不平：当初流放苏轼的目的，就是要狠狠折磨他，没想到他在岭南过得这般舒适，那可不行！干脆将他丢到更远、更穷的海南吧。根据他的名字来决定其贬所，因苏轼字子瞻，"儋"与"瞻"字形相近，于是被贬至儋州。

儋州，远处中国大陆最南方，山林密布，从远古时代就被称为蛮荒之地、苦海之地。在长期的贬谪生涯中历经各种磨难，苏

轼的适应能力也越来越强，无论多么恶劣的环境，都奈何不了他。

儋州的生活比黄州、惠州更加艰难，被中原人视为"十去九不还"的鬼门关。正如苏轼初到时所说："在儋州，吃饭没有肉，生病没有药，居住没有屋，出门没有朋友，冬天没有炭来取暖，夏天也没有冷水泡澡……可以说要什么没什么。"

瞧瞧！无论身在何方、无论身处何境，苏轼骨子里的豁达与幽默，从来没有缺失过。生活贫困没什么，缺吃少穿也没什么，这些在苏轼看来，都是能够解决的小问题。但如果失去了豁达的天性，失去了孩童般的率真与诙谐，那就不是真正的苏轼了。

儋州经常阴雨绵绵，令人十分煎熬。所有的东西都潮乎乎的，就像在水里泡过一样，总是不能干爽。苏轼坐在家门前，一天一天地数，盼着雨期赶快过去。

当台风到来时，情况会更糟，因为从大海对面运送物资的船只，全部会停航，米、面等粮食进不了海岛，苏轼又要挨饿了。

今日的海南岛，"天涯海角"是众所周知的旅游打卡胜地。但在苏轼生活的北宋时期，那个遥远偏僻的儋州，既荒凉又穷困，朝廷不闻不问，百姓自生自灭，才是真正的"天涯海角"。

苏轼以六十二岁高龄，被流放到儋州，已经十分可怜。但朝堂中那些奸佞小人，还是不肯放过他，甚至专门派人来儋州，看他生活得怎么样。由于苏轼德才兼备、待人真诚，声名远播，哪怕在中原之外的儋州，同样受到官员、学子们的帮忙和照顾。因而，他过得并非佞臣期望中那样艰难，这再次激怒他们，以至于他们对苏轼展开更加疯狂的"恶举"：关照过苏轼的官员，或被降职减薪，或被调任流放，或被革职查办……

接济他，和他走得太近的都被革职！

很显然，朝廷那帮奸佞小人，是在用各种各样的方式警告苏轼：任何靠近他、帮助他的人，都会被他连累，因他而倒霉。可

147

不管怎样，他们永远打不倒苏轼的傲骨和志节，压不垮苏轼的声誉和人气。无论何时，只要苏轼站在那里，人们就会敬仰他、爱戴他。这才是真正的"你若盛开，蝴蝶自来"！

苏轼发现当地人都非常迷信，没有医生，如果遇到疾病，全靠巫术看病。如苏轼所说："病不饮药，但杀牛以祷，富者至杀十数牛。死者不复云，幸而不死，即归德于巫。以巫为医，以牛为药。"这在苏轼看来，既遗憾又无奈。

其实，海南岛有很多天然草药，只是当地人不了解、不认识，更不懂得怎样使用。苏轼一有空闲，就会到乡野采药草，仔细考

证研究，最后制成能够使用的药粉，为百姓开方治病。

在儋州，苏轼和朋友一起开办学堂，教孩子们读书识字，将中原文化传播开来。儋州远离内陆，文化教育非常落后，当地百姓几乎没有多少人读书识字。苏轼与朋友商量，一起办学堂、介学风，弘扬并传播中原文化。得知这个消息后，很多人不远千里来到儋州，拜苏轼为师，登门求教，儋州也因此成为全岛的文化中心。而在苏轼的传授和教导下，儋州文化也日益强盛，这里的人一直把苏轼看作当地文化的开拓者、播种者，对他怀有深深的敬意。

儋州雨水充沛，天气炎热，很容易滋生病菌。这样的水，很容易让人得病。于是，苏轼引导百姓开凿挖井，寻找泉眼，使人喝上清洁的水。他还劝说百姓从事农耕，告诉他们多多种田种菜，自给自足，就不必担心台风暴雨影响物资运输的问题。

苏轼在儿子苏过的协助下，继续整理杂记文稿，著成《东坡志林》，并为《论语》《尚书》《易经》作注。这是一项庞大的文字工程，苏轼坚持了很久，在海南儋州最终完成，泽被后世。

日日遥望碧海蓝天，日日远看潮起潮落，日日与街坊邻居谈

笑，日日过得充实又简单……苏轼越来越适应儋州的生活了，还写下"我本儋耳人，寄生西蜀州"的诗句，来表达自己对儋州的喜爱。

海南儋州，是苏轼此生流放的最后一站，也是他走过的最远的地方。离开儋州后，在大赦北归途中卒于常州，结束了他那如精彩画卷般的非凡人生。不管怎样，海南会记得苏轼，无论千年，还是万年……

旅游贴士

北宋儋州，也就是现在的海南儋州，如今已经成为全国热门旅游地。这里有千年古盐田、石花水洞、东坡书院……其中，东坡书院是海南重要的人文胜迹之一，为纪念北宋大文豪、谪臣苏东坡而建于北宋（1098），最初名为"载酒堂"，到了明朝嘉靖年间（1548），更名为"东坡书院"。

序篇

北宋文坛第一全才

　　在我国几千年的历史上，宋朝是一个"非常特别"的时代，被很多西方学者称为中国历史上的"文艺复兴"时期。为什么这样说呢？宋朝经济飞速发展，GDP 总量远超世界其他国家。北宋首都汴京，那是妥妥的"国际大都会"。有这么雄厚的经济基础，宋朝的文化发展空前繁荣，更出现了北宋文坛百花争鸣的大局面。

　　北宋在文学和艺术方面，人才辈出，登峰造极。"唐宋八大家"中有六位出自北宋，诗人、词人、书画家、史学家、哲学家、理学家……优秀人才遍地开花，层出不穷。但在当时，有一位诗、词、文、书、画……样样皆能的全才，其作品人人喜爱，人人追捧，甚至连文坛盟主欧阳修都主动让位的男神——苏轼！

苏轼从小就聪明好学，酷爱读书，六岁进私塾，成绩非常优异，很快就从众多同龄人中脱颖而出，成为私塾里的超级学霸。后来，苏轼的母亲和父亲开始轮流教他读书，使他在诗、词、文三方面都打下了非常坚实的基础，妥妥地赢在起跑线上。

纵观北宋文坛，诗、词、文、书、画，哪怕只有一项独占鳌（áo）头，也可以闻名天下，流芳千古了。而苏轼不仅样样出类拔萃，还在建筑、医药、美食、水利等多个方面有所建树，可谓是当之无愧的北宋第一全才。

苏轼性情豪爽乐观、豁达洒脱、才华横溢、绝冠天下。纵观苏轼这一生，据不完全统计，他留给后世两千七百多首诗、三百多首词、四千八百多篇文章，如果这么多的数量已令你目瞪口呆，那么当你发现这庞大的诗、词、文作品，在质量上几乎居北宋文坛之首时，恐怕你会当场佩服得五体投地。

毫无疑问，苏轼是个文学天才，更是个文学全才。

在诗歌领域，苏轼与弟子黄庭坚并称"苏黄"，两人代表着北宋诗歌的最高成就。在词的领域，苏轼与南宋辛弃疾并称"苏辛"，是宋词豪放派的开创者和佼佼者。在散文领域，苏轼与恩师欧阳修并称"欧苏"，被公认代表北宋散文的最高成就。

这就是苏轼，名震天下的文坛全才！

回首北宋，苏轼这种全能型天才，真可谓"前无古人，后无来者"，在千百年来，几乎无人能及。接下来，我们就一起去看看苏轼的诗、词、文作品，去更深入、更全面地了解这位千古奇才吧。

和子由渑池怀旧

人生到处知何似，应似飞鸿踏雪泥。

泥上偶然留指爪，鸿飞那复计东西。

老僧已死成新塔，坏壁无由见旧题。

往日崎岖还记否，路长人困蹇驴嘶。

译文：

人生在世，四处奔走，看起来像什么呢？应该像飞翔的鸿雁，踏在雪地上吧。偶尔在雪地上留下几个爪印，转眼又张开翅膀，远走高飞了，怎么还会记得那些爪印留在何方呢？老僧奉闲（和尚的法号）已经去世，骨灰安葬在那座新塔里，而你我当年题诗的墙壁已经损坏，再也见不到旧时诗词的墨迹了。还记得咱们当年赶考时的艰辛吗？由于路途遥远，人困马乏，连那头跛脚的驴子都累得直叫。

我就像鸿雁一样，漂泊无定。

宋仁宗嘉祐六年（1061），在一个白雪皑皑的冬日，寒风凛冽，雪花飘飞，人们走在路上，全身都冻得直打哆嗦。当时，苏轼接受朝廷任命，去往陕西凤翔做通判。

通判的主要工作职责是辅助当地知府，进行案件的审问和整理。这对苏轼来说，简直有些大材小用。因为，此时的他，已用绝世才华震惊了整个北宋文坛。只要他的新作品一出来，上至皇亲王族，下至黎民百姓，全部疯狂追捧。据载，宋仁宗哪怕不用膳，也要读完苏轼的文章。由此可见，苏轼是多么风光、多么

荣耀、多么闪亮。

然而，北宋的官场规则，还是很严格的。即使才华冠绝天下、即使红遍大江南北、即使拥有主角光环，咱们苏神也只能按照规矩，从基层干部开始做起，再一步一步向上攀升。于是，苏轼就携带家眷，离开京城，到凤翔磨炼去了。

这是苏轼第一次离京赴任，也是他第一次与弟弟苏辙分别。从小到大，兄弟二人形影不离，同吃同睡，一起读书，一起嬉闹，后来又一起参加科考，同进同退，情深似海。但是，天下没有不散的筵席。苏轼、苏辙两兄弟感情再深，也不可能一辈子不分开，更何况"一入仕途深似海"，只要皇帝一句话，你的足迹遍天下。作为朝廷官员，想去哪儿、能去哪儿，根本不是自己可以做主的。

如今，哥哥苏轼要去凤翔，弟弟苏辙一路相送，一直到了离京城六十多公里外的郑州，两兄弟才依依不舍地告别。两人四目相望，泪光闪闪，千言万语哽在喉间，只剩一句"珍重"。苏辙骑马返京，走得很慢很慢，仿佛这样能与哥哥多待会儿。苏轼也没有立刻启程，而是望着弟弟远去的背影，心里像打翻调料瓶一样，酸甜苦辣咸，五味杂陈，说不出是什么滋味。

回想嘉祐元年（1056），苏家两兄弟跟随父亲进京赶考。三人骑着毛驴，从老家四川眉山出发，山一程水一程，说说笑笑，高谈阔论，那是多么难忘的回忆呀！赶路虽然很辛苦，但未来触手可及，且有兄弟相伴，仿佛整个世界都变得闪亮起来。

苏家三父子走到河南渑（miǎn）池后，借宿在老僧奉闲的僧舍。苏轼、苏辙两兄弟诗性大发，提笔就在僧舍的墙壁上写诗，把人家雪白的墙壁硬生生变成了涂鸦板。那时候，两兄弟壮志凌云、意气风发，只待他日参加全国大考，进而蟾宫折桂，金榜题名！

苏轼、苏辙兄弟双双高中进士。哥哥苏轼满腹经纶、才气纵

横,一篇优秀的政论文章令其脱颖而出,深受文坛盟主欧阳修的赏识,欧阳公甚至愿为其让位,这是何等的赞誉呀!就这样,苏轼成了北宋文坛的后起之秀。

然而,正当苏轼在京城风云初起时,母亲却突然病故,苏家三父子匆匆离京回乡。随后三年守孝期间,苏轼一直住在眉山老家,整日游山玩水,沉浸在大自然之中,几乎与朝廷断了联系。

当苏家三父子再返京城时,曾经的主角光环已不复存在。但没关系,是金子总会发光的,有才华傍身还怕什么?这一次,苏轼、苏辙两兄弟参加了朝廷举办的制科考试,双双取得优异成绩,重新抓住了皇帝和朝廷众人的眼球。此后,苏家三父子越来越有名气。

那么,苏轼再获功名后,应该做些什么呢?当然是迅速入职,给大宋王朝打工喽。他很快被任命为凤翔通判,到地方政府去工作了。弟弟苏辙一路相送至郑州,两人分别后,苏轼在途中路过渑池,忆起兄弟二人当初借宿寺庙的情景,不禁心弦拨动,感慨万千。刚好这时弟弟苏辙寄来了一首诗——《怀渑池寄子瞻兄》。苏轼一看,兄弟俩果然心有灵犀,便写下一首《和子由渑池怀

旧》，来回应弟弟
苏辙的诗。

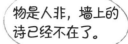

这首《和子
由渑池怀旧》是
苏轼早期著名的
诗作，虽然全篇
写景写人写回忆，但里面却蕴含着深刻的哲学思想。人生苦短，
岁月悠长，曾经的无限荣光，可能转眼就会消逝不见。世间的悲
欢离合，更是无法预测，不如顺其自然，随遇而安，以乐观来化
解忧愁，以超然来迎接明天，且行且珍惜。

知识互动

在"应似飞鸿踏雪泥"这句诗中，"雪泥"是什么意思呢？
而且，后来还从这句诗中衍生出一个成语，你知道是什么吗？

A. 雪后泥路　　B. 冷冻雪糕

C. 泥一样的雪　D. 水晶颜料

答案：A

雪泥鸿爪：这个成语用来比喻往事遗留下的痕迹。

第二章
只缘身在此山中

题西林壁

横看成岭侧成峰，远近高低各不同。

不识庐山真面目，只缘身在此山中。

译文：

从正面看庐山绵延起伏，崇山峻岭郁郁葱葱，逶迤不绝。从侧面看庐山，则是峰峦重叠，耸入云霄。从远处、近处、高处、低处不同的位置去看庐山，所看到的山色和气势各不相同。我之所以辨不清庐山真正的面目，是因为我身处庐山之中啊！

因"乌台诗案"这场突如其来的人生大劫，苏轼身陷囹圄（líng yǔ），命悬一线，死里逃生之后，被贬至黄州做了团练副使。四年来，苏轼居于长江边上这个穷苦的小镇，不但没有被残酷的现实打倒，反而直面生活，脱胎换骨，成了豁达洒脱、坚忍刚毅的"东坡居士"。

宋神宗元丰七年（1084）正月，神宗皇帝又想起了苏轼，下令将他从黄州调任汝州。几年时光，苏轼在黄州交了很多朋友，也习惯了黄州的生活，就这样突然离开，他真的舍不得。但皇命难违，他想躲也躲不掉，想逃也逃不了，这就是"人在江湖，身不由己"的悲哀呀！

于是，同年四月，苏轼恋恋不舍地离开了黄州。途中，他经过九江，来到庐山，便准备与好友诗僧参寥一同游览数日。庐山神奇灵秀、高耸险峻、云雾缭绕、缥缈难测，自古享有"匡庐奇秀甲天下"之美誉。山间雾霭蒙蒙，林木葱葱，瀑布飞泻，雄伟壮观。而且，庐山有很多寺庙，东林寺、铁佛寺、西林寺……都是参禅悟道的圣地，也是苏轼欣然向往之地。

见到如此美景、古刹，苏轼早已沉醉其中，好几次诗性大发，可话到嘴边又硬生生吞了回去。为什么呢？因为看到如此奇异秀丽的景色，苏轼不想因作诗影响了观景，况且前朝已经有太多文

人描写过庐山风景的诗句。于是他一进山就对参廖说："此行绝不写诗！"可苏神不是普通人，他是那夜空中最亮的星，哪怕极力掩盖自身锋芒，还是显得那么与众不同。结果，他来庐山的消息很快就传遍四方，山中僧侣纷纷奔走相告，提前清扫僧舍，备好茶点，激动地等待苏神出现，盼望他能在庐山再创佳作。苏轼看着这些热情洋溢的山僧，不禁回想起自己初到黄州时的惨淡，心中百感交集，忍不住赋诗一首："芒鞋青竹杖，自挂百钱游。可怪深山里，人人识故侯。"（《初入庐山三首》之一）诗句刚一出口，又记起与参寥的约定，不由哑然失笑。罢了罢了，反正约定已破，干脆放飞自我，继续连作两首，给自己来个痛快吧。

不多吟两首，都对不住这些热情的粉丝。

接下来的几天，苏轼与参寥继续游览庐山，无论走到何处，山中僧侣都会夹道欢迎，热情接待。他们看那万千沟壑，崇山峻岭，听那泉水叮咚，飞鸟自鸣，何尝不是人生一大乐事？

置身庐山，观景赏峰是其一，遍访古刹是其二。苏轼谪居黄州四年，渐渐变得超然物外，心思简净，佛性于胸，不以物喜，不以己悲，他坐看潮起潮落，远望云卷云舒，在天地万物面前，仿佛一切都不那么重要了。苏轼在参寥的陪同下，一路走访庐山古寺，敬拜寺中高僧，与他们谈诗论禅，自由自在。

东林寺规模宏大，气势雄伟，往来之客络绎不绝。苏轼在这里拜菩萨、燃青灯，心意诚诚，终有迷惘。如今他已近天命之年，仍前路茫茫，不知归处。幸好他是个乐观洒脱的人，有美景可赏，有朋友相伴，有醇酒畅饮，便又是花好月圆的一天。过往种种，已经发生，谁也不能改变，与其自怨自艾，唉声叹气，不如开开心心，珍惜眼前。

离开东林寺，苏轼和友人、高僧一起前往西林寺。与东林寺相比，西林寺小巧紧凑，秀丽严谨，寺庙环境宁静清幽。当苏轼游览到西林寺时，听着节奏分明的寺内钟声，看着远近不同的山

水风景，顿时文如泉涌，立即在西林寺的墙壁上挥墨成诗，写下了那首流传后世的《题西林壁》。诗句一出，在场高僧无不拍手叫好，啧啧称奇。苏轼之才华，天下冠绝，无人能及，无论何时何地，几乎都能出口成章，妙语连珠。

一首《题西林壁》火遍庐山，火遍北宋，也火遍后世千百年。诗中内容看似平常，读起来也朴实无华，但其中蕴含的哲理深刻而丰富。苏轼创作诗词，一向喜欢借景抒情、借物喻人，这一次他通过展望庐山不同的角度、不同的面目，表达出深深的佛理与禅意。正所谓"当局者迷，旁观者清"，只有站在一定距离之外，才能看清事物的真相，倘若困于其中，反而会越来越茫然。

庐山始终在那里，不曾改变分毫，却因观察角度不同，呈现出不同的面貌。世间万象，来去过往，真真假假。

正如苏轼，宦海沉浮，有喜悦、有悲苦、有荣光、有低谷……起起落落，纷纷扰扰，又有谁能够看得清清楚楚、真真切切呢？当局者，常常不能了然全局，也无法把控未来，这就是人生最无奈的事。有时候，过分执着自己所追求的东西，会在不知不觉中失去更多，顺其自然，随其来去，渐渐消除困惑，才能看得更深更远。

知识互动

苏轼的《题西林壁》既是一首诗中有画的写景诗，又是一首著名的哲理诗，请问这首诗主要说明了什么道理呢？

A.耳听为虚，眼见为实　　B.当局者迷，旁观者清

C.机不可失，失不再来

答案：B

苏东坡趣读

第三章

欲把西湖比西子

饮湖上初晴后雨二首·其二

水光潋滟晴方好，山色空蒙雨亦奇。

欲把西湖比西子，淡妆浓抹总相宜。

译文：

　　晴天时，西湖水面微波荡漾，波光粼粼，景色美好宜人；雨天时，周围的青山笼罩在烟雨之中，朦胧缥缈，显得空灵奇妙。如果把西湖比作美人西施，无论淡妆，还是浓妆，都能烘托出她的天生丽质与美好神韵。

　　《饮湖上初晴后雨二首·其二》通过描写西湖美景，表达出苏轼对西湖的喜爱与赞美。诗中前两句，是对西湖真实景色变化的记录，美丽、空灵、神秘又奇妙；诗中后两句，将西湖比作绝代佳人西施，让西湖成为美的化身，并赋予它新的生机，使整首诗得到升华。

古往今来，世人都喜欢美好的事物，大文豪苏轼也不例外。他一生走遍北宋半个天下，四处奔波，十分艰辛，但与此同时，他也赏阅了世间数不尽的美景奇观，并在诗词里留下了浓墨重彩的一笔。

宋神宗熙宁四年（1071），苏轼因反对王安石变法，在朝廷受到一次又一次的排挤和打压，不得不申请外调，主动离开汴京。

人间美景，最抚凡人心。

同年十一月，苏轼带着妻儿来到杭州，这是他第一次来到杭州。杭州自古被称为"人间天堂"，江南水乡，杏花烟雨，风景优

美如画。苏轼一下子就喜欢上了杭州，喜欢这里的山水美景，也喜欢这里的黎民百姓。

苏轼在杭州任职通判期间，除了处理工作的事情以外，他有时间便寄情湖光山色，吟诗交友，相伴而游。杭州美景甚多，苏轼尤爱西湖。空闲的时候，他常和朋友一起泛舟西湖，观赏美景。碧波荡漾，芙蕖（qú）飘香，令人心旷神怡，宛若置身仙境一般。

对于西湖的热爱，苏轼在诗词中表现得淋漓尽致，从不会遮遮掩掩。他任职杭州通判期间，创作过很多与西湖有关的诗词，如《六月二十七日望湖楼醉书》："黑云翻墨未遮山，白雨跳珠乱入船。卷地风来忽吹散，望湖楼下水如天。"诗中描写西湖大雨倾盆的景象，栩栩如生，令人感同身受，就像亲眼目睹一样。"欲把西湖比西子，淡妆浓抹总相宜"更是流传千古，堪称西湖诗词之最。

宋神宗熙宁六年（1073）初春，苏轼一行人在西湖上游船赏景。早晨阳光明媚，天空湛蓝，西湖水面波光粼粼，十分美丽。这么好的天气，正是游玩的最佳时机，可谁也没想到，大伙儿正在兴头上呢，天色突变，乌云密布，雨说来就来了。于是，众人纷纷往船舱里跑，但苏轼恰恰相反，不疾不徐地欣赏着细雨蒙蒙中的西湖。

说起来，哪个人泛舟游览西湖，不希望天气晴朗，尽赏美景呢？可天公偏偏不作美，非要给游客们泼一盆冷水，结果游客们别无选择，也只能带着几分扫兴，躲回船舱。

西湖在我心中就是三百六十度无死角的美女。

然而，在苏轼心中，不但没有丝毫抱怨，还因饱览了西湖上晴和雨两种截然不同的风光而深感庆幸与喜悦。他心中不禁赞叹：西湖如同一位美丽的少女，天晴的时候，她水光潋滟，风情万种，在淡淡的微风吹拂下，泛起层层涟漪，是那样美好而娇艳。下雨

的时候，西湖又仿佛改变了性情，在烟雨蒙蒙、水雾袅袅中，宛若戴着淡雅神秘的面纱，显得空灵而奇妙。但不管是晴空下的西湖还是细雨中的西湖，同样美丽，任何外部条件都无法改变西湖的美。

苏轼在杭州那几年，常常与西湖为伴，享受湖光山色，也看遍了西湖的各种美：水波不兴的美、急风骤雨的美、晴空万里的美、雾霭笼罩的美、白雪皑皑的美……苏轼与西湖就像一对相辅相成的"知己"，西湖给了苏轼无限灵感，苏轼则用墨笔让西湖家喻户晓。从此，苏轼与西湖结下不解的情缘。

后来，宋哲宗元祐四年（1089），他再次请求外调，出任杭

州知州，疏浚西湖，搭建苏堤，让西湖变得更加美丽，并将他与西湖的这份情缘一直延续下去。直至后世千年，杭州当地人一说到西湖，就会不由自主地想起苏轼。

虽然世人皆爱美好的事物，但"美"并没有统一的标准，反而见仁见智，千差万别。从外在视觉感受来说，赏心悦目是美，清爽自然是美，体态绰约是美，举止优雅仍是美……从内在心灵感受来说，善良正直是美，温柔多情是美，乐观积极是美，坦荡诚恳也是美……其实，每一个人，无论高矮胖瘦，无论肤色黑白，无论淡妆浓抹，也不过就像西湖的景色变化一样，仅仅是晴天和雨天的区别。在不同人眼中，晴天和雨天的美，或许有所不同，但各自绽放，百美争艳，何尝不是世间美丽的风景呢？

知识互动

《饮湖上初晴后雨二首·其二》这首诗最后两句："欲把西湖比西子，淡妆浓抹总相宜。"运用了什么修辞手法？

　　A. 比喻、反语　　　B. 比喻、夸张　　　C. 比喻、拟人

答案：C. 诗中将西湖比作美人西施，这用了比喻的修辞手法；同时赋予了西湖"浓抹"的行为，运用了拟人的修辞手法。

第四章

最是橙黄橘绿时

赠刘景文

荷尽已无擎雨盖，菊残犹有傲霜枝。

一年好景君须记，最是橙黄橘绿时。

译文：

荷花已经凋谢，连那巨大的荷叶也跟着一起衰败枯萎了，只有那开败的菊花的花枝，还在不畏严寒，与风霜竞斗。一年中最好的光景，你一定要记住，那就是橙子金黄、橘子青绿的秋末冬初的时节啊！

苏轼生性豁达，不拘小节，喜欢交友，也善于交友。正因为如此，苏轼的朋友遍及天下，上至朝廷高官、下至田野村夫，苏轼都能与他们成为朋友。不过呢，在苏轼的朋友中，仍以志同道合的同僚居多。这其中，有一位北宋将门之后，名叫刘景文，本名刘季孙，与才华横溢、名垂千古的苏轼相比，刘景文如同一个默默无闻的历史旁观者，甚至没有留下太多痕迹。时至今日，我们也只能从他朋友们写的诗词中，了解到他的少量信息。

宋哲宗元祐四年（1089），苏轼任职杭州知州，刘景文也在这里当官，任两浙兵马都监，相当于一个从八品的官。虽然刘景文出身将门，但是他博通史传，工诗能文，喜欢各种各样的奇书、古文、石刻。他文武双全，德才兼备，豪爽豁达，深得苏轼的钦佩。苏轼称他为"慷慨奇士"，经常和他诗酒往来。

作为将门之后，刘景文对军政事务十分熟悉，做起事来得心应手，是一位很有能力的武官。只可惜，他空有报国之志，却得不到朝廷重用，那点儿微薄的薪水还不够养家糊口，生活常常陷入困顿，需要朋友救济。如今已年过半百，仍旧一事无成，刘景文感到深深的挫败，无奈时只能借酒浇愁，自暴自弃。

其实，苏轼一生的起起伏伏，比刘景文有过之而无不及。但纵观历史，又有几人能有苏轼那样豁达的胸怀和乐观的心态呢？毕竟千百年来，世间只有一个与众不同的苏轼！

平日里，刘景文与苏轼的关系非常要好，有时相聚畅饮后，他们便会互诉衷肠，说说心里话。如今，见到刘景文那么苦闷颓废，苏轼既担忧又痛惜，心里真不是个滋味，总想帮助他，但眼下最重要的，还是鼓励他振作起来。

日月如梭，时光飞逝，转眼一年过去了。宋哲宗元祐五年（1090），是苏轼任职杭州知州的第二年，他勤政爱民，雷厉风行，治理工程、赈灾济贫，像个陀螺般忙碌不停，几乎没有空闲

如以前那样，约上三五好友，一起游山玩水，赏花赏月了。

　　这年初冬时节，池塘中的荷叶已经全部凋残，水面上只剩下一根根干枯的荷枝，一旦荷叶衰败，荷塘就失去了姿色。再看傲然凌寒的菊花，朵朵花瓣凋谢，片片枯叶随风，也见不到昨日风采了。但令人惊喜的是，菊花的花枝仍旧傲霜而立，竖直挺拔，不屈不挠。正值此时，橘树翠色盈盈，橘子青绿、橙子金黄，硕果累累，挂满枝头，仿佛悬挂着一盏盏亮晶晶的灯笼，真是个大丰收的好时节呀！

　　苏轼见到眼前美景，突然想起了好友刘景文，于是他写下一首《赠刘景文》送给好友，希望能够安抚老朋友那颗脆弱、敏感又颓落的心。

　　这一年，苏轼五十五岁，刘景文五十

致我们橙黄橘绿的老年！

八岁。单从人生阶段来说，无论刘景文，抑或苏轼，都已经步入暮年，或许在别人眼中，他们就像枯萎凋落的荷花一般，但只要相信自己，重新振作起来，完全可以成为傲霜而立的菊花！更何况，人生的经历会随着年龄增长而越发丰富，心灵的感悟也会越发深刻，因此，暮年才是最成熟、最圆满的收获季节，老而弥坚，壮心不已。

由此可见，苏轼写这首《赠刘景文》不但用来劝慰朋友，更是感同身受，自我鼓励。刘景文收到苏轼的赠诗后，心中深受鼓舞，十分感激。后在苏轼的竭力保举下，获得小小升迁，被派到山西隰（xí）州做知州。

宋哲宗元祐六年（1091），在苏轼知颍州期间，刘景文曾两次来颍州与苏轼相聚共饮、相送离别，共计半月时光。"有朋自远方来，不亦乐乎？"老友见面，分外开心，两人相处十几日，吟诗作对写书法，游玩饮酒乐逍遥，那真是一段神仙般的日子呀！

一年后，即元祐七年（1092），刘景文去世，卒于自己的官所，自此，他永远留在苏轼等朋友们的回忆中……每个人的一生，有高峰就会有低谷，怎么可能一路平坦处处顺意？且不说别人，就算流芳千古的苏轼，观他此生浮沉，又何尝不是命途多舛呢？而那句"一年好景君须记，最是橙黄橘绿时"，曾在后世多少人心中荡气回肠，成为励志名言呢？

在苏轼创作的众多诗词中，《赠刘景文》虽不是名气最大的，也不是流传最广的，但字里行间却盈溢着满满的正能量。有人说，内心豁达者，才能豪情万丈，正能量爆棚，因为任何挫败、失意，都影响不了那颗强大的内心。哪怕遭遇困境和磨难，也会从中汲取正能量，变得更坚强、更勇敢。生活终不会一帆风顺，当我们感到沮丧无助、失去信心时，不妨冷静下来，读读苏轼这首《赠刘景文》，给自己加加油、打打气，重新振作，再创辉煌！

知识互动

《赠刘景文》："一年好景君须记，最是橙黄橘绿时。"这两句诗已经成为后世名句，代表着人生的哪个年龄段呢？

A. 青年，蒸蒸日上

B. 暮年，老当益壮

C. 童年，天真无邪

答案：B 橙黄橘绿的丰收季节，是一年最好的时光，已是暮年。

庭下如积水空明

记承天寺夜游

元丰六年十月十二日夜，解衣欲睡，月色入户，欣然起行。念无与为乐者，遂至承天寺寻张怀民。怀民亦未寝，相与步于中庭。庭下如积水空明，水中藻、荇交横，盖竹柏影也。何夜无月？何处无竹柏？但少闲人如吾两人者耳。

译文：

元丰六年十月十二日夜晚，我正脱下衣服准备睡觉。这时，月光从门户照射进来，于是我高兴地起身出门散步。想到没有和我共同游乐的人，就去往承天寺寻找张怀民。正好怀民也没睡呢，我们就一起在庭院中散步。月光照在庭院里，像积满清水那样澄澈透明，水藻、水草纵横交错，原来是庭院中竹子和松柏的影子。哪一个夜晚没有月亮呢？哪个地方没有竹子和松柏呢？只是缺少像我们两个这样清闲的人罢了。

元丰六年（1083），苏轼被贬黄州已经是第四个年头，此时他迎来一位新朋友——张怀民，两人一见如故，志趣相投，很快就变得惺惺相惜，无话不谈。

张怀民，字梦得，又字偓佺（wò quán），北宋官员，在宋神宗元丰六年被贬谪黄州，刚开始没地方落脚，只能暂时住在黄州承天寺里。史书中关于张怀民的记载很少，我们今日也只能从苏轼、苏辙两兄弟的作品中寻找一二。苏辙曾在《黄州快哉亭记》

中提到过，张怀民被贬至黄州做了主簿之类的小官，但他心胸豁达，并不在意这些，反而寄情山水，怡然自乐，是个品性高逸之人。据苏轼词中所写，黄州的"快哉亭"就是张怀民修建的，苏轼还作词《水调歌头·黄州快哉亭赠张偓佺》相赠。

宋神宗元丰六年（1083）十月十二日晚，苏轼正准备上床睡觉，突然看见明晃晃的月光从门缝里洒落进来。苏轼心中顿时泛起波澜：月色如此美丽，好景怎能被辜负？于是，苏轼赶紧重新穿戴好，起身出门赏月。可这大半夜的，苏轼感到一个人实在有些孤独寂寞，如果能有人相陪夜游，那就完美了。但这个时候，几乎所有人都去梦里和周公约会了，谁能与他共游呢？想来想去，苏轼抱着"试试看"的心态，直奔黄州承天寺，去找暂住在那里的张怀民。

张怀民和苏轼属于"同路人"，性情相近，胸怀豁达，无论顺境逆境，都能保持一颗平常心，乐观积极去面对。苏轼一路小跑来到承天寺，结果正如他猜想的那样，张怀民果然还没睡。两人真是心有灵犀，共同踏着轻柔月色，在承天寺的庭院里散起步来。不说其他，单凭夜游这份雅致，苏神就能妥妥地碾压很多普通人，难怪他的生活中总是充满诗情画意。

自古以来，"赏月"这件事，因人而异，各有意境。几千年来，月亮一直在那里，有时皎洁明亮，有时朦胧不清，有时暗淡无光，有时隐身不现，只是赏月之人体验到的感悟不同罢了。

这个深夜，苏轼和张怀民一起走在承天寺的庭院，趁着月色如水，闲适怡然地散步。两个相知相惜、志同道合的人，并不需要太多言语。庭院里的月光，晶莹如水，澄澈皎洁，上下一片清辉，令人情不自禁地沉醉其中。地面就像一汪清水，让人模糊地

看到水里好像还有纵横交错的水藻和荇菜。等到回过神来才发现，那些不过是生长在庭院中的竹子和松柏的月影。这样的错觉，真真假假，水月莫辨，如同一个美好的梦境，空灵而纯净。

其实，月亮一直在，它陪伴人们走过每一个夜晚，从没有消失过。竹子和松柏更不是什么稀奇之物，几乎随处可见。然而，世间那些趋炎附势的小人，他们只顾着追名逐利，尔虞我诈，又怎么能静心领略这些美景呢？幸好，苏轼和张怀民两个"闲人"

这篇《记承天寺夜游》是苏轼在黄州时期创作的散文，从头

到尾写得非常完整，时间、地点、人物、事件，交代得清清楚楚，一目了然。而文章中间部分的景色描写，更是神来之笔，没有使用"月"字，却将月光照耀下的庭院美景完美呈现出来。结尾处的自问自答，既是一种讽刺，又是一种悲凉。

苏轼自幼胸怀天下，一心为国为民，但命运之神偏偏一次又一次和他开玩笑，让他在贬谪的路上越走越远。苏轼依然志存高远，想报效国家，何尝愿意做个碌碌无为的"闲人"呢？通过这篇散文，苏轼巧妙地借景抒情，表达了贬谪的悲凉、人生的感慨，以及随缘自适、自我排遣的特殊心境。

知识互动

在《记承天寺夜游》中，作者运用巧妙的比喻手法，描绘了一幅宁静悠然的画面。请问"水中藻荇交横，盖竹柏影也"，是怎样进行比喻的呢？

A. 用藻荇比喻竹柏影

B. 用竹柏影比喻藻荇

C. 藻荇和竹柏影互比

答案：A

趣读
苏东坡

第六章

拣尽寒枝不肯栖

卜算子·黄州定慧院寓居作

缺月挂疏桐，漏断人初静。谁见幽人独往来，缥缈孤鸿影。

惊起却回头，有恨无人省。拣尽寒枝不肯栖，寂寞沙洲冷。

译文：

一轮弯弯的残月，挂在枝叶稀疏的梧桐上，漏壶里的水已经滴尽了，夜深人静，万籁俱寂。有谁见到我这幽居之人独自在月光下徘徊呢？犹如一只孤单离群的大雁，身影凄凉地飞过苍穹。

突然我心中一惊，仿佛被什么吓到了，回头张望却没有一个人。有谁能懂得我心中的幽恨与孤独呢？漫漫长夜里，孤雁在梧桐树间飞来飞去，掠过一条条寒枝而不肯停歇，甘愿落在荒凉清冷的沙洲上。

184

宋神宗元丰二年（1079），苏轼因"乌台诗案"被贬黄州。不得不说，纵观苏轼一生，虽然大多处于艰难时期，常常四处奔波，最大的一次劫难应该就是这场"乌台诗案"了。他几乎危在旦夕，命悬一线，差点儿就去另一个世界报到了。

刚到黄州的时候，苏轼确实有些不适应。人生地不熟，没吃的、没住的，放眼望去，一片荒凉落后的景象，而且"乌台诗案"的"后遗症"此刻也正深深地影响着苏轼。他开始不敢开口，小心翼翼；开始担惊受怕，惴惴不安；无法抹去身陷囹圄的恐惧，他甚至常常会白天睡觉，闭门不出，只在夜深人静时才出去散步。

因贬谪黄州后没有住处，苏轼不得不暂住定慧院。定慧院位于黄州东南的寺院，环境清幽，静谧无扰，绕舍有茂林修竹，荒池蒲苇，别有一番景象。对于此时的苏轼来说，能有这样的居住地已经非常不错，心满意足了。

定慧院的僧舍整洁干净，苏轼住得很安心。只不过，寺里的斋饭，在美食家苏轼看来，确实极其普通，甚至有些难以下咽。要是放在以前，若食物品质不够，苏轼宁愿不吃去啃野菊花，但如今到了这里，有一口粗茶淡饭能填饱肚子，就已经很幸运了。

以前，苏轼身边朋友众多，常常应接不暇。如今，苏轼被贬谪黄州，在别人眼中他已经是朝廷罪臣，平日那些所谓的朋友，都不敢主动与他联系，生怕受到无辜的牵连。或许，这就是"人走茶凉"的悲哀，但也正是趋利避害的人之本性。经过"乌台诗案"这场人生大劫，苏轼看透了很多事，也明白了很多事，他开始自我反省，逐渐收敛自身锋芒，如何给自己的人生重新定位，是他将要面对的问题。

纵然才华盖世，报国心切，没有任何机会施展，怎能不沮丧、不绝望？纵然性情豁达，但总是接二连三遭受打击，又怎能扛得

住呢？此间种种，无一顺利，如茫茫夜色，不见星光，苏轼深感无奈和沮丧，也曾陷入深深的沉郁之中。

住在定慧院的那段日子，苏轼常常白天睡觉，夜晚才出来散步。偌大的庭院，空旷荒凉，寂寥宁静，月光清冷，树影交错，与苏轼孤独落寞的心情，相得益彰。

回首过往，他虽然在朝堂上受到排挤，但何尝真正面临过生死考验？他主动申请外调，去往杭州做通判，又先后调任密州、徐州、湖州，做了当地的父母官。

尽管那时也曾困难多多、危机重重，但他尽心尽力为国为民，有政绩、有成果，哪怕日日忙碌，无暇休息，他仍十分满足，超然又自在，且前程所往，亦是心中所向，这何尝不是人生一大幸事呢？

反观当下，苏轼因"乌台诗案"遭到贬谪，来到如此偏僻穷困的地方，前途几乎等于画上了句号。虽然神宗皇帝宽恕了他，给了他"生"的机会，但苏轼知道，在遥远的汴京城内，那帮视他为"眼中钉""肉中刺"的小人们，还在收集整理他的"黑材料"，想继续把他往死里整。这样苦涩的人生，还有什么希望？

恰在此时，苏轼被铜壶漏水的声音惊觉，才发现自己已站在庭院很久，绵长的思绪也被拉了回来。

抬头望月，月光从稀稀疏疏的梧桐树叶间洒落，透出星星点点的清辉。他不禁想到自己就像那孤雁因遭遇不幸而惊恐不已，怀着无限幽恨，在寒枝间飞来飞去，不可栖息在枝头，甘愿落在寒冷的沙洲上。没有人抚慰它受伤的心灵，也没有人梳理它凌乱的羽毛，更没有人分担它对世间的恐惧。这一切一切，何尝不是苏轼自己的真实写照呢？

那孤鸿不就是我嘛！

也许，未来再也看不到希望；也许，世界无情地抛弃了他；也许，是他自己厌倦了朝堂的勾心斗角。但最终，苏轼还是选择了坦然接受，勇敢面对现实。既然"寒枝"不适合自己，那就毅然决然地选择"沙洲"。当下苏轼所处的"沙洲"，虽是荒凉穷困的黄州，可这里远离朝堂纷扰，远离世间喧嚣，未尝不是修身养性的好地方。无论如何，人生还要继续，走过最初的痛苦与迷茫，饱尝人生的辛酸与灾难，苏轼在黄州寻到了新的生活，诗词创作也达到了新的境界。

这篇《卜算子·黄州定慧院寓居作》是苏轼因"乌台诗案"遭贬谪，初到黄州时的作品，从词中看得出来，他的内心非常不安，对自己、对家人、对事业、对生活、对未来……处处充满忧虑，前路茫茫，不知所措，既表达了他彷徨痛苦的心情，又体现出他坚守信念、不与世俗同流合污的愿望。

后来，黄庭坚曾评价这首词："语意高妙，似非吃烟火食人语，非胸中有万卷书，笔下无一点尘俗气，孰能至此！"清代学者黄蓼园也在《蓼园词选》中高度评价："语语双关，格奇而语隽，斯为超诣神品。"

知识互动

《卜算子·黄州定慧院寓居作》这首词描写了"孤鸿"在寒枝间飞来飞去的情景。那么，词中是否有"孤鸿"存在呢？

A. 有，正好被苏轼看到，还写进词里

B. 没有，孤鸿是苏轼想象出来的一个意象，用来比作自己

C. 既有孤鸿，又有苏轼，两者皆在

答案：B

第七章

大江东去浪淘尽

念奴娇·赤壁怀古

大江东去，浪淘尽，千古风流人物。故垒西边，人道是，三国周郎赤壁。乱石穿空，惊涛拍岸，卷起千堆雪。江山如画，一时多少豪杰。

遥想公瑾当年，小乔初嫁了，雄姿英发。羽扇纶巾，谈笑间，樯橹灰飞烟灭。故国神游，多情应笑我，早生华发。人生如梦，一尊还酹江月。

译文：

大江之水浩浩荡荡向东流去，淘尽了千古英雄人物。那旧营垒的西边，人们说是三国时期周瑜破曹军的赤壁。陡峭的石壁直耸云天，惊涛

骇浪拍击着江岸，激起的浪花好似卷起千万堆白雪。江山如此美丽，如诗如画，一时间涌现出多少英雄豪杰。

遥想当年周公瑾，小乔刚刚嫁给他，他英姿勃发，豪情万丈。手摇羽扇、头戴纶巾，谈笑之间，就把强敌的战船烧得灰飞烟灭。如今我神游当年的战场，可笑我多情善感，却早早地生出满头白发。人生犹如一场梦，举起酒杯祭奠这万古的明月。

宋神宗元丰五年（1082），苏轼因"乌台诗案"被贬黄州，时间已经过去两年多了。在此期间，苏轼逐渐习惯了黄州的生活，也逐渐调整了对人对事的态度，不再如年轻时那样尖锐锋利，反

而多了几分柔和之感。在苏轼的一生中，谪居黄州那段岁月，是他自我反省、自我沉思、自我蜕变的重要时期。

那时，苏轼常和朋友们结伴出行，他们登山临水，尽赏美景，以开阔眼界，放松心情。宇宙之大，苍穹之远，世间众生与其相比，是多么渺小啊！黄州虽是一个小镇，但临靠长江，烟波浩渺，江面辽阔，水纹荡漾，别有一番风味。

这日，苏轼与友人一同来到黄州城外的赤壁矶，见那赤壁高耸直立，险峻无比，江水汹涌奔腾，雪浪翻卷冲天，不由得心潮澎湃，无限感慨，写下了千古名篇《念奴娇·赤壁怀古》。

遥想东汉末年，乱世之中，战火纷飞，无数生灵涂炭，百姓流离失所。三国时期的东吴名将周瑜，正值盛年，意气风发，面对曹操压倒性的大军，他依然沉着淡定，从容不迫。大敌当前，周瑜胸有成竹地指挥战斗，率领东吴众将士排兵布阵，最终在熊熊火光中以少胜多、以弱胜强，赢得"赤壁之战"的胜利。

苏轼站在赤壁边，耳畔是浩荡的长风，眼前是奔流的江水，回首人生沉浮，满腔热血喷薄而出，响彻云霄，豪情万丈。

苏轼赤壁怀古，心生感慨，像周瑜那样战功赫赫的千古风流

人物，依然会被大浪淘尽，成为历史长河中的沧海一粟，那自己的荣辱成败又算什么呢？当时的北宋，国力虚弱，周边辽国、西夏虎视眈眈，苏轼非常渴望有像三国周瑜那样的豪杰出现，能扭转乾坤，报效国家。

周郎年轻有为，而我却老大无成。

反观自己，虽有为国为民的信念和一腔热血，却被贬谪黄州小镇，与明朗的前途渐行渐远，几乎再也没有报国的希望了。想到这里，苏轼不免黯然神伤，思绪低沉。如今，苏轼已谪居黄州两年多，生活自给自足，尽赏田园风光。但在他的心中，报国之志未减分毫，仍然期待有朝一日重返朝堂，再临盛世。然而理想与现实常常相差甚远，他唯有接受现实，才能继续向前。

神游故国，慷慨激昂，赤壁雄伟壮丽，苏轼怀着敬畏且悲凉的心情，叹惜自己过早苍老，无所作为，虚度人生光阴，如同幻梦一场，沉郁苦闷。

其实，苏轼在黄州生活期间，日子虽然艰苦，但他的文学创作却取得了极高的成就。那段贫困岁月并没有打倒苏轼，反而激发了他的创作热情，令他在此期间创作出很多脍炙人口、流芳千古的诗词名篇。困境或许会吓退普通人，但绝对不会令苏轼感到畏惧。他性情豁达乐观，纵使偶有沮丧，也能很快振作起来，坚定勇敢地继续前行。

195

这首《念奴娇·赤壁怀古》几乎家喻户晓，成为后世千古绝唱。整篇词作气势恢宏、豪情万丈，雄浑磅礴之势令人震撼不已。它不仅是苏轼最有代表性的"乐府绝唱"，更是豪放词的巅峰之作，其胸怀之广、境界之高、影响之远，独一无二，响彻古今。

古往今来，无论多么伟大的英雄人物，在茫茫历史长河中，都不过是沧海一粟，微不足道的存在。人生在世，匆匆百年，不必太过执着荣辱得失，更不必沉沦苦闷而无法自拔，世事如梦，不如开怀。纵使惊惧无奈，但只要心中有正气，便可浩然行千里。

知识互动

在《念奴娇·赤壁怀古》这首词中，一句"惊涛拍岸，卷起千堆雪"写出了江水汹涌澎湃的磅礴气势。那么，其中的"千堆雪"比喻的是什么呢？

A. 雪白的浪花

B. 天空下的雪

C. 江边的尘土

答案：A

浣溪沙·游蕲水清泉寺

游蕲水清泉寺，寺临兰溪，溪水西流。

山下兰芽短浸溪，松间沙路净无泥，萧萧暮雨子规啼。

谁道人生无再少，门前流水尚能西。休将白发唱黄鸡。

译文：

游览蕲水的清泉寺，寺庙在兰溪的旁边，溪水向西流淌。

山脚下，兰草刚抽出来的新芽，浸润在潺潺溪水中；松林间的沙路，被雨水冲刷得非常干净，一尘不染。傍晚时分，细雨潇潇，布谷鸟的叫声从林中传了出来。

谁说人生不能再回到少年时期？门前的溪水，还能向西边流淌呢，

趣读苏东坡

不要在老年感叹世事匆匆、时光飞逝啊!

奔波半生,归来仍是少年。

宋仁宗嘉祐二年(1057),年轻气盛的苏轼高中进士,深受主考官欧阳修的赏识,一时风光无限。没多久,苏轼的母亲去世,他急忙返回家乡守孝三年。三年后,苏轼重返京城,又一鼓作气通过朝廷举办的制科考试,以百年来最好成绩受到宋仁宗的赞赏与嘉奖。自此,苏轼名扬天下,众人皆知,上至王公贵族,下至普通百姓,很多人都成了他的忠实粉丝。

接下来的时光,苏轼与其他科考达人一样,进入高高的庙堂,走上仕途之路,心系天下,报效国家。

你这样的人才，可要好好为我大宋打工啊！

压力山大呀！

文坛由你接手，我就放心了。

诗词绝美文

　　十多年间，苏轼辗转凤翔、杭州、密州、徐州、湖州等地，分别担任不同职位的地方官，他勤政为民，兢兢业业，办实事、解民忧，深得百姓爱戴。可他万万没想到，在湖州刚刚上任三个月，就遭到小人构陷而锒铛入狱，在暗无天日的御史台监狱中度日如年。这就是震惊北宋文坛的"乌台诗案"。

　　毫无疑问，在苏轼一生的挫败与痛苦中，这场"乌台诗案"带给他的打击是最沉重、最致命的。尽管最终有惊无险，苏轼保住了性命，被贬黄州，任职团练副使，但过往那么久的煎熬，已深深烙印在他的骨子里，让他真正感觉到死亡危机的可怕。回想

年少时的意气风发，再看如今的颓丧落魄，苏轼也曾夜夜难寐，辗转反侧，不断自我反省。

幸好，苏轼生性豁达，心中虽有些许苦闷，却有更多乐观洒脱。尤其是，当家人来到黄州后，给了他无尽的支持与温暖，他也逐渐将官场的沉浮起落抛之脑后，不再自寻烦恼，转而全身心投入到田间劳作，建房屋、筑水坝、修鱼池、移树苗、种菜园……丰富多彩的田园生活，让苏轼感到前所未有的满足和平静，整个人也变得快乐起来。

那时的黄州，在外人眼中，只不过是个人烟稀少、贫困落后的小城，但在苏轼心中，那却是一处清净安适的好地方。登山临水，望江赏云，白日波光粼粼，夜晚月色如水，何尝不是人间美景呢？再看自家田地，麦苗长势喜人，果树枝叶茂盛，菜园一片青绿，到处欣欣向荣，这是多么美好愉悦的事情呀！

在黄州的田园生活中，苏轼过得风风火火，又充满诗情画意。黄州太守、武昌太守都对苏轼崇拜敬仰，常常前来拜访；其他朋友也会陪伴苏轼，或谈笑风生，或游山玩水，或吟诗作赋，一扫他初到黄州时的沉郁孤独，反而寻到很多快乐。周围的邻居们，虽然都是普通百姓——农夫、药师、酒监、屠户……但他们皆以真心对待苏轼，令苏轼既感激又感动。

我大概就是社牛的鼻祖吧！

苏轼渐渐爱上了黄州，也爱上了在黄州的生活。日日欣赏田园风光，行走于山间野地，将黄州美景尽收眼底，已成为苏轼最向往、最开心的乐事之一。人生岂能永远一帆风顺？失意时，苦中作乐，重新振作，会发现生活中更多的美。

暮春三月，暮雨潇潇，苏轼游玩蕲水清泉寺，看到寺前兰溪西流，坎坷困顿的他胸中豪情陡生，于是写下一首《浣溪沙·游蕲（qí）水清泉寺》，他不再悲叹人生匆匆，年华易逝，反而借助刚刚抽芽的兰草来表达生机盎然的春意，充满积极向上的青春感。

常言道："花有重开日，人无再少年。"岁月的流逝，如同溪水东流一样，一去不复还。但人生处处有惊喜，处处有意外，不必太过执着与感怀。当苏轼见到寺庙前的兰溪水竟然向西流时，不禁再次受到鼓舞：尽管年华已逝，容颜已老，但初心不改，纵使命运不济，身处逆境，仍可老当益壮，自强不息。

这首《浣溪沙·游蕲水清泉寺》通过借景抒情，表达出苏轼锐意进取的精气神、旷达乐观的生活态度，令人不知不觉间深受鼓舞。正如那句话所说："只要你自己不放弃，就没有什么能够阻挡你。"

知识互动

在《浣溪沙·游蕲水清泉寺》这首词中，那句"萧萧暮雨子规啼"源自一个成语"杜鹃啼血"。请问"杜鹃啼血"是什么意思呢？

A. 鹃叫着叫着就吐出血来，形容叫得太累

B. 杜鹃不停地叫，直到吐出血来，形容极其辛苦

C. 杜鹃昼夜悲鸣，以至啼叫出血，形容十分悲切

答案：C

第九章

苍茫人生如逆旅

临江仙·送钱穆父

一别都门三改火，天涯踏尽红尘。依然一笑作春温。无波真
古井，有节是秋筠。

惆怅孤帆连夜发，送行淡月微云。尊前不用翠眉颦。人生如
逆旅，我亦是行人。

译文：

自从京城一别，我们已是三年未见，你总是远涉天涯，辗转在人世
间。相逢一笑时,仍像春天般温暖。你的心始终如古井水，不起任何波澜，
高风亮节亦如秋天的竹竿。

我心中很惆怅，是因为你要连夜扬帆起航，送别你的时候，云色微茫，

月光疏淡。陪酒的歌妓呀，用不着为离愁而对着酒杯哀怨。人生就像一座旅店，我也是匆匆过客。

苏轼一生起起落落，宦海沉浮二十多载，从荣耀高光时刻，逐渐跌入万丈深渊，直坠低谷。因一场"乌台诗案"，苏轼被贬谪黄州，在那贫困落后的小镇，苏轼耕种劳作，韬光养晦，尽享田园乐趣，过着闲云野鹤般自由自在的生活。

苏轼本以为会在黄州终老，没想到命运的齿轮再次转动起来。

元丰七年（1084）三月初，一道圣旨降下，苏轼受命调任汝州。对此，苏轼并不怎么欢喜，甚至想要躲避，因为他已适应黄州的归隐生活，不愿再卷入世间喧嚣。可皇命难违，苏轼只能携带一家老小，离开黄州启程上路。途中，神宗皇帝驾崩，太皇太后高氏（宋英宗皇后）摄政，代年幼登基的宋哲宗治理国家。

苏轼很快收到朝廷诏令，让他入京。这次返回京城，苏轼已是半百老人，京城的一切恍若隔世，令他萌生一丝惊惧。回京短短几个月，苏轼就被擢升为从六品起居舍人。对此，苏轼有些受宠若惊。回想过往十余载，他尽心尽力效忠朝廷，兢兢业业为国为民，非但没有得到朝廷赏识，还差点儿因他人构陷的"乌台诗案"一命呜呼。如今，他竟突然谷底反弹，从深渊之处再次冲向九霄高空，这种地狱天堂般的巨大反差，怎能不让他诚惶诚恐呢？

恰在此时，苏轼在朝中认识了钱穆父。钱穆父，名钱勰（xié），字穆父，杭州临安人，知识渊博，擅诗词，书法造诣也很高，为人刚正清廉，他与苏轼一见如故，两人相谈甚欢，很快成为好友。

宋哲宗元祐初年（1086），苏轼与钱穆父在京城相识。两人同为朝廷重臣，理念相同，志趣相投，常有来往，彼此将对方当成知己，友谊日渐深厚。

接下来的八个月，苏轼又连续两次获得擢升：从现任起居舍

205

人升为中书舍人；没过多久，再升为翰林学士知制诰，负责为皇帝草拟诏书，官至三品，位极人臣，达到仕途高峰。其实，苏轼并不在乎这些，他厌恶朝廷内斗，厌恶结党营私，只想一心一意报效国家，为民谋福利。然而"树欲静而风不止"，苏轼此时正受恩宠，是太皇太后身边的"大红人"，其他朝廷官员自然是羡慕嫉妒恨，或对他阿谀奉承，或对他恨之入骨，或想拉他分帮结派，或暗地里说他坏话……苏轼最厌恶尔虞我诈，最不耻阴险奸佞，更不愿卷入朝堂内的党派之争。于是，宋哲宗元祐四年（1089），苏轼申请外调杭州，他终于离开京城这座牢笼，与风景如画的西湖再续前缘。

这一次，苏轼任职杭州知州，工作非常忙碌：治理西湖、修建苏堤、建造医院、囤粮赈灾……他几乎没有休息的时间，日日忙得像个陀螺。而且，在忙碌的工作中，时间往往过得飞快，转眼两年过去了，杭州城越来越好，社会稳定，百姓安居，苏轼也在这时迎来了自己的好友——钱穆父。

宋哲宗元祐六年（1091）春，苏轼在杭州接待了老朋友钱穆父。此时，钱穆父正从越州（今浙江绍兴）调任瀛洲（今河北河间），途中经过杭州，就顺道来看望苏轼。两人自从京城一别，已经三年没有见面了。钱穆父为人正直，固守自己的信念，志节清高，不畏奸佞，不屈小人，故而像苏轼一样，常遭贬谪，四处奔波。过去三年，钱穆父奔走于京城、吴越之间，这次又要远赴瀛洲，不知何时才能再相见？苏轼心中不舍，钱穆父同样惆怅，但流转的时光并没有冲淡两人的友谊，分别虽久，情谊弥坚，无论彼此身在何方，心始终会紧紧相连。

短暂团聚过后，便是离别的苦楚。相见时难别亦难，从古至今，团聚总是令人充满期待，而离别总是泛着无奈的苦涩。苏轼

与钱穆父难得一见，却很快又要各奔东西，再次分别，着实令人伤感。月夜下，苏轼送好友来到渡口，心中充满哀怨与留恋，只能赋词一首《临江仙·送钱穆父》，寄托所有情思。

这首《临江仙·送钱穆父》是苏轼晚年所创作的名篇之一。全词围绕着"送别"而写，先记述了钱穆父如青松翠柏般坚韧高贵的气节和品格，表达苏轼对老友的赞赏与肯定。后写月夜送别的情景，带着淡淡的哀愁和忧伤，也饱含着对友人的劝慰和鼓励：尽管前路茫茫，但不要忘记，你的朋友一直都在，身处逆境更要豁达乐观，永不言弃！

知识互动

在《临江仙·送钱穆父》这首词中，"人生如逆旅，我亦是行人"已成为千古名句。那么，这里的"逆旅"指的是什么呢？

A. 逆行的旅途

B. 客舍、旅店

C. 艰难的旅游之路

答案：B

水调歌头·明月几时有

丙辰中秋，欢饮达旦，大醉，作此篇，兼怀子由。

明月几时有？把酒问青天。不知天上宫阙，今夕是何年。我欲乘风归去，又恐琼楼玉宇，高处不胜寒。起舞弄清影，何似在人间。

转朱阁，低绮户，照无眠。不应有恨，何事长向别时圆？人有悲欢离合，月有阴晴圆缺，此事古难全。但愿人长久，千里共婵娟。

译文：

丙辰年（1076）中秋，通宵畅饮至天明，大醉，趁兴写下这首词，同时抒

发对弟弟子由的思念之情。

中秋佳节这样又圆又亮的明月，什么时候还能有呢？我举着酒杯遥问苍天。不知高高在上的天宫里，现在又是何年何月呢？我想借着清风回到天宫去看一看，又担心美玉砌成的楼宇太高了，我经受不住那里的寒冷。月光下与自己的清影为伴，一起舞蹈嬉戏，哪里比得上人间烟火般的温暖呢？

月亮轻轻移动，转过朱红色的楼阁，低挂在雕花的窗户上，照着没有睡意的人。天上的明月不应该对地上的人有什么怨恨吧，可为什么总是在人们分别时才圆呢？人生本来就有悲欢离合，月亮也有阴晴圆缺，这种事自古就很难两全。只希望世上所有人的亲人都能平安健康，即使彼此相隔千里，也能一起欣赏这天上的明月。

宋神宗熙宁七年（1074），苏轼在杭州的任期结束了，他主动申请调任山东密州（今山东诸城）。因为苏轼的弟弟苏辙，此时正在山东齐州任职，苏轼想着两兄弟距离近一些，有机会相见。

苏轼上任之初，就面临着整治烂摊子的任务。这里实在太穷困了，荒山连绵，黄沙漫天，放眼望去，只有枣林桑野，其余尽是荒凉。苏轼作为密州知州，竟然常常食不果腹，甚至靠吃杞菊来填肚子。堂堂父母官尚且如此，普通百姓的生活岂不是更加艰难？

事实证明，确实如此。

苏轼为政期间，密州先是蝗虫泛滥成灾，后又久旱不雨，土地干裂，民不聊生，哀鸿遍野。苏轼见到这些危急状况，日日奔波忙碌，忧心忡忡，他早已忘记与弟弟苏辙见面的事，全力以赴带领百姓除蝗灾、战旱灾、拾弃

忙得根本停不下来。

婴、解困境……马不停蹄，尽职尽责。

就这样，经过一年多的努力，密州的灾情总算得到了控制，百姓的生活也有所好转，社会秩序越来越稳定了。

不知不觉，又到了中秋佳节。宋神宗熙宁九年（1076）八月十五，夜色如水，皓月当空，皎洁明亮，银辉洒落下来，如同星星点点的碎宝石，点缀着整个庭院。

苏轼任职密州知州期间，全心全意为民谋福利，日日夜夜辛苦工作，已经太久没有去欣赏周围美景了。回想当初，他申请来密州任职，是希望离弟弟苏辙更近一些，两兄弟也好有空见面相聚。可如今两年过去了，苏轼的心愿仍然没有实现，他天天忙得像个陀螺一样，别说与弟弟苏辙相见了，甚至给弟弟写信的时间都快抽不出来了。人在江湖，身不由己，既然任职密州知州，苏轼就要担负起所有密州百姓的希望，努力将密州治理得井井有条，努力让密州百姓过上安稳宁静的生活。

中秋佳节，圆月当空，这是一个团圆相聚的日子。可叹苏轼、苏辙两兄弟同在山东为官，相距并不太远，却像隔着千山万水一般，总是无法见面。苏轼只能寄情夜空中的明月，来表达这层深深的思念。

　　自古以来，人有悲欢离合，月有阴晴圆缺，谁也控制不了。苏轼在超然台上借着微醺的酒意，将自己对弟弟的思念，以浪漫唯美的方式表达出来，写入《水调歌头·明月几时有》这首千古绝唱之中。在苏轼笔下，天宫高寒而美丽，令无数普通人神往，苏轼也曾盼望扶摇而上九万里，进入那高不可攀的天宫，但如此寒冷的地方怎能比得上人间烟火的温暖呢？

好久不见，
甚是想念。

　　望着夜空中高高悬挂的明月，苏轼回想起自己二十多年的入仕之路，虽有波折坎坷，亦有成就收获，只是与弟弟苏辙聚少离

多，不免感到遗憾和无奈。值此中秋佳节，如果弟弟子由能在自己身边，两人对月当歌，把酒言欢，那该多么快乐呀！可惜，两兄弟不能相见，只能相思。在这么美好的日子里，盼望彼此心意相通，共赏明月，期待他日再重逢。

这首《水调歌头·明月几时有》深受后世推崇，堪称中秋诗词的佳作，也是苏轼的代表作品之一。整篇词作浪漫唯美，充满想象力，感情细腻婉约，有别于苏轼以往的"豪放派"作品，不过，积极乐观、豁达向上的精神内核，没有丝毫改变。尽管苏轼在仕途上有些失意，理想和抱负未能实现，但这世上本就没有十全十美的事，只要自己不放弃，好好把握当下，一切皆有可能。

知识互动

在《水调歌头·明月几时有》这首词中，千古名句"但愿人长久，千里共婵娟"的"婵娟"代表什么呢？

A. 月亮

B. 美丽的女子

C. 爱情

答案：A

第十一章

老夫聊发少年狂

江城子·密州出猎

老夫聊发少年狂，左牵黄，右擎苍，锦帽貂裘，千骑卷平冈。

为报倾城随太守，亲射虎，看孙郎。

酒酣胸胆尚开张。鬓微霜，又何妨！持节云中，何日遣冯唐？

会挽雕弓如满月，西北望，射天狼。

译文：

姑且让老夫我展示一下年轻人的豪情壮志，左手牵着黄犬，右臂托着苍鹰，头戴华美精致的帽子，身穿貂皮大衣，率领随从和千骑，像疾风一样席卷平坦的山冈。为了报答全城百姓跟随我出来狩猎的这份盛情，我要像昔日的孙权一样亲自射杀猛虎。

我痛饮美酒，心胸开阔，胆气也更加豪壮。我两鬓已经开始泛白，但又有什么关系呢？不知什么时候朝廷会派人下来，像汉文帝当年派遣冯唐去云中赦免魏尚那样信任我呢？到时候，我一定会用尽全力，把雕弓拉得像满月一样，瞄准西北的敌人，狠狠射杀他们。

风一般的男子，跟不上呀！

宋神宗熙宁七年（1074），苏轼上任密州知州，正式踏入这座荒凉落后的密州山城。初到密州时，苏轼心理落差很大，但很快被繁重而忙碌的工作冲淡了。因为密州的情况实在太窘迫了。密州天灾人祸，连年不断。蝗灾泛滥，令庄稼颗粒无收，百姓食不果腹，饿殍（piǎo）遍地。旱灾降临，田地干裂，麦苗因缺水而奄奄一息。

很多年前，苏轼在陕西凤翔任通判时，曾亲身经历过久旱不雨的灾情。当时除了心急如焚，并无解决问题的良策，唯有向山神祈祷求雨。如今，苏轼作为密州知州，身负全城百姓的生存重任，他又能做些什么呢？要是拥有现代高科技，来几场人工降雨也就解决了，但在一千多年前的北宋，当人力不可为的时候，只能虔诚地祈求山神降雨解困。

宋神宗熙宁八年（1075），苏轼为解除密州旱灾，帮助百姓求雨，多次奔波来往于城南常山，并亲自写下祭文："呜呼！我州之望，不在神乎？父老谓神求无不获，克有常德，以名兹山。其可不答，以愧此名？"

随后，苏轼一次次率领众人去往常山，不辞辛苦地登山拜神，还给山神封了爵位，用虔诚而坚定的心祈求降雨来临。或许是苍天见怜，感受到了苏轼的真情真意，最终为密州降下大雨，水润土地，万物复苏，全城百姓欢呼庆祝。

一次，苏轼在求雨回来的路上和同僚们在常山东南的黄茅冈举行了习射会猎。远望茫茫旷野，山冈起伏，连绵不绝；再望常山，巍峨苍翠，云雾缭绕，红色的枫叶点缀着暮秋之景，美丽极

了！密州城的百姓听说知州在常山狩猎，纷纷跑出家门，前来观望。苏轼更加心潮澎湃，豪气干云，纵横驰骋，英姿飒飒，他策马奔腾冲向前方，飞快地追赶猎物，后面的同僚和随从们，浩浩荡荡紧跟着他向前，气势宏大而壮观。正在激情澎湃时，苏轼突然想到西北方强劲的对手西夏，他痛恨极了，于是拉满雕弓，朝西夏军队的方向射出最强劲的箭。

密州时期，苏轼的生活虽然不太如意，但他勤政爱民，除蝗灾、解旱灾、平匪祸、救弃婴……深得百姓尊敬和爱戴。初至此

地，民不聊生，温饱难求，苏轼心中十分焦虑，甚至悲痛不已。经过一年多的坚持和努力，密州各方面的灾情得到有效控制和缓解，社会环境也越来越稳定，百姓安居乐业，拥戴并称赞苏轼这位能干的知州。

密州虽小虽穷，却是很多人心心念念的家乡。苏轼在此建一方功业，护一方百姓，无愧于己，无愧于心。出猎对于文人来讲，不过是一时兴起，但这次密州出猎小试身手，收获颇丰，也令苏轼信心倍增，希望能够奔赴西北战场，有一番作为。当时，北宋边境战事吃紧，西夏大举进攻宋朝西北地区，国家正是用人之际。苏轼充满壮志豪情，渴望得到朝廷重用，去往边疆抗敌战斗，保境安民。

一次出猎，意气风发，豪迈洒脱，对于年近四十的苏轼来说，并非一件轻而易举的小事，但他对自己的表现十分满意，气场完全不输年轻人，反而将他杀敌报国的一腔热血展现了出来，处处充满昂扬的激情和斗志。

这首《江城子·密州出猎》将一件日常生活小随笔，巧妙地写成一首气势磅礴、热情奔放的爱国杰作，将苏轼开创的"豪放

派"词风展现得淋漓尽致，境界高、格局大，令人不知不觉深受感染，热血沸腾。

全词通篇围绕着"少年狂"展开。狂者，意气风发，豪情万丈，弯弓搭箭射天狼，勇往直前，无所畏惧。北宋自建立开始，边境就不太安稳，辽、西夏虎视眈眈，且北宋军事力量比较弱，常常受到辽、西夏两国的侵扰和威胁。苏轼虽是一介文人，但爱国之心、报国之志从小便在他的心底扎根，如今四十不惑，他仍然渴望奔赴边境前线，实现报国杀敌的理想。

有句话说"人不轻狂枉少年"，其实，"狂傲"这件事与年龄无关。只要心中充满激情，充满热血，充满斗志，无论年纪多大，都可以为自己的报国理想，奋斗到底，狂傲到底！

知识互动

在《江城子·密州出猎》这首词中，大文豪苏轼引用了三个历史典故。"亲射虎，看孙郎"便是其一，"持节云中，何日遣冯唐"便是其二。请问第三个典故是哪一句呢？

A. 左牵黄，右擎苍　　　　B. 千骑卷平冈

C. 西北望，射天狼

答案：C

定风波·莫听穿林打叶声

三月七日，沙湖道中遇雨，雨具先去，同行皆狼狈，余独不觉。已
而遂晴，故作此词。

莫听穿林打叶声，何妨吟啸且徐行。竹杖芒鞋轻胜马，谁怕？
一蓑烟雨任平生。

料峭春风吹酒醒，微冷，山头斜照却相迎。回首向来萧瑟处，
归去，也无风雨也无晴。

译文：

三月七日，在沙湖道上赶上下雨，有人带着雨具先走了，同行的人都觉得
很狼狈，只有我不这么觉得。过了一会儿天晴了，就作了这首词。

221

不用在意那穿林打叶的雨声，不妨一边吟咏长啸，一边悠然行走。拄拐杖、穿芒鞋，走得比骑马还轻便，这有什么可怕的？一身蓑衣任凭风吹雨打，照样过我的一生！

春风微凉，吹醒我的酒意，身体微微有些冷。山头初晴的斜阳已露出笑脸。回头望一眼走过来风雨萧瑟的地方，我信步归去，不管他是风雨还是放晴。

人的一生，虽各有不同，但起起伏伏、颠颠簸簸，或多或少都会存在，有高峰，有低谷，有平坦，有洼坑……岂会事事尽如人意？岂会处处一帆风顺？北宋男神苏轼，才华绝冠古今，仍要面对命途坎坷，四处奔波。

宋神宗元丰二年（1079），一场横祸从天而降，苏轼因"乌台诗案"被捕入狱，后又贬谪黄州，开启了从未有过的艰苦生活。那时候，苏轼任职黄州团练副使，有名无实，俸禄非常低，连养家糊

有钱男子汉，没钱汉子难。

口都成问题。为此，苏轼会把当月的预算分成三十份，挂在房梁上，每天只能取一份使用。如果有余钱，就存起来，接待客人时使用。

元丰四年（1081），苏轼一家的生活更加贫困，眼看就要揭不开锅了。幸好旧友马梦得帮忙从官府要来一块废地，可以耕种劳作。这片田地坐落在黄州城东荒芜的山坡上，占地几十亩，荆棘丛生，瓦砾遍布。苏轼就带着全家老小开垦荒地，不但不觉得辛苦，反而乐在其中。从此后，苏轼与家人自耕自种，自给自足，他还自称"东坡居士"。

现在，苏轼真正化身农夫，开始了田园生活。他在田地附近的空地上，建造了几间新的房屋，次年二月在皑皑白雪中竣工，故取名"雪堂"。苏轼非常喜欢"雪堂"，亲自刷漆涂墙，亲自在墙壁上画画，简直美仑美奂，令人赞叹。平日里，苏轼与家人垦荒种地、植柳栽桑，生活过得平静而快乐。如果有朋友来拜访，苏轼就与友人在"雪堂"内畅饮欢谈、吟诗作对，不亦乐乎。他曾亲笔写道："某现在东坡种稻，劳苦之中亦自有其乐。有屋五间，果菜十数畦（qí），桑百余本。身耕妻蚕，聊以卒岁也。"黄州

生活虽然艰苦，但苏轼寄情于山水田园，守着如诗岁月，怡然自乐，十分欢喜。

囊中羞涩，做个农夫很快乐！

　　日月如梭，时光飞逝，转眼苏轼已经谪居黄州三年了。这段日子里，苏轼与朋友登山临水，同游黄州各地美景，变得越发超然洒脱。元丰五年（1082），暮春三月七日，天气晴和温暖，苏轼和朋友去沙湖游玩，一路上，大家说说笑笑、开开心心。可是，三月的天气善变，突然天空乌云密布，雨点噼里啪啦就下了起来。那些带着雨具的同伴先走了，没有带雨具的人，纷纷抱头而跑，急急忙忙寻找躲雨的地方，有的跑歪了帽子，有的跑湿了衣裳，有的跑掉了鞋子……各个狼狈不堪，抱怨不止。只有苏轼一个人

淡然处之。他行走在沙湖道上，并没有因天降大雨而仓皇躲避，反倒从容不迫地保持先前悠闲的节奏，拄着拐杖，不紧不慢地在雨中漫步。他挺起胸膛，无所畏惧，任凭雨水淋得透心凉，心中仍然坦荡而快乐。

雨中漫步，
且徐行！

树林穿行，雨中漫步，何尝不是世间风景呢？手握竹杖，脚穿草鞋，步伐轻快得胜过骑马，这是多么惬意的享受啊！一次途中偶遇，一场意外降雨，激发出苏轼的创作灵感，一首《定风波·莫听穿林打叶声》自此诞生，后世传诵，流芳千古。

人生的风雨，常常会在不经意间降临，并且毫无征兆，令人措手不及。这个时候，与其烦恼抱怨，狼狈逃避，不如勇敢接受，

坦然前行。当风雨过后，阳光又会重新出现，天高气爽，晴空万里。再回想之前经历的风风雨雨，早已显得没有那么重要，也没有那么在意了。

这首《定风波·莫听穿林打叶声》以小见大，借景抒情，为途中遇雨的偶发小事而作，将苏轼"不以物喜，不以己悲"的旷达胸襟和豪迈心态，准确而生动地表达了出来。"一蓑烟雨任平生""也无风雨也无晴"，这不仅仅是苏轼豁达乐观的生活态度，更是后人需要磨炼的精神所在。

每个人成长的路上，有阳光，自然也有风雨。这是不同的人生历练，与其自怨自艾，不如像苏轼那样，顺势而为，坦然以对。再大的风雨终会过去，美丽的彩虹一定会出现！

知识互动

在《定风波·莫听穿林打叶声》这首词中，"定风波"是个词牌名。宋词中的词牌名有很多，如"念奴娇""浣溪沙""临江仙"等，请问下面哪一个不是词牌名？

A.蝶恋花、江城子、沁园春　　B.忆思量、彼岸花、莫别离

C.菩萨蛮、如梦令、永遇乐

答案：B